Die Bewohner des Himmels
Der Kosmos von Valerian und Veronique

**Folgende Abenteuer der Raum-Zeit-Agenten
VALERIAN UND VERONIQUE
sind bisher erschienen:**

In der Serie »Valerian und Veronique«:

Die Stadt der tosenden Wasser
Im Reich der tausend Planeten
Das Land ohne Sterne
Willkommen auf Alflolol
Die Vögel des Tyrannen
Botschafter der Schatten
Das Monster in der Metro
Endstation Brooklyn
Trügerische Welten
Die Insel der Kinder
Die Geister von Inverloch
Die Blitze von Hypsis
Die große Grenze
Lebende Waffen

Als Sonderband: Schlechte Träume (vergriffen)

In der Reihe »16/22«:
Jenseits von Raum und Zeit (vergriffen)

Die Bewohner des Himmels
Der Kosmos von Valerian und Veronique

Text: Pierre Christin
Zeichnung: Jean-Claude Mézières

In Zusammenarbeit mit
Rozsa Futo und Jeremy Tranlé

CARLSEN STUDIO
Lektorat: Andreas C. Knigge und Uta Schmid-Burgk
1. Auflage September 1992
© Carlsen Verlag GmbH · Hamburg 1992
Aus dem Französischen von Harald Sachse
LES HABITANTS DU CIEL
ATLAS COSMIQUE DE VALERIAN ET LAURELINE
Copyright © 1991 by Dargaud Editeur, Paris
Redaktion: Uta Schmid-Burgk
Satz: KCS GmbH, Buchholz/Hamburg
Lettering: Dorothea Zorn-Boyke
Druck und buchbinderische Verarbeitung:
Publiphotoffset, Paris
Alle deutschen Rechte vorbehalten
ISBN 3-551-71155-0
Printed in France

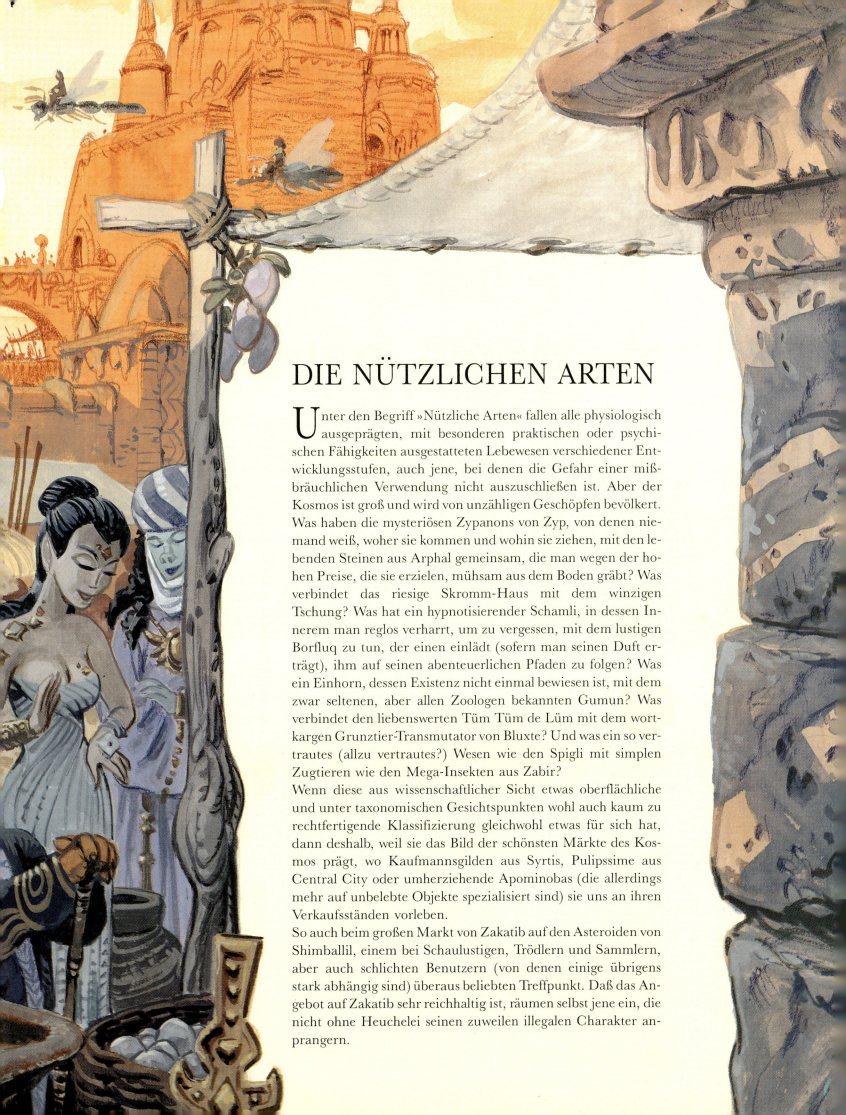

DIE NÜTZLICHEN ARTEN

Unter den Begriff »Nützliche Arten« fallen alle physiologisch ausgeprägten, mit besonderen praktischen oder psychischen Fähigkeiten ausgestatteten Lebewesen verschiedener Entwicklungsstufen, auch jene, bei denen die Gefahr einer mißbräuchlichen Verwendung nicht auszuschließen ist. Aber der Kosmos ist groß und wird von unzähligen Geschöpfen bevölkert. Was haben die mysteriösen Zypanons von Zyp, von denen niemand weiß, woher sie kommen und wohin sie ziehen, mit den lebenden Steinen aus Arphal gemeinsam, die man wegen der hohen Preise, die sie erzielen, mühsam aus dem Boden gräbt? Was verbindet das riesige Skromm-Haus mit dem winzigen Tschung? Was hat ein hypnotisierender Schamli, in dessen Innerem man reglos verharrt, um zu vergessen, mit dem lustigen Borfluq zu tun, der einen einlädt (sofern man seinen Duft erträgt), ihm auf seinen abenteuerlichen Pfaden zu folgen? Was ein Einhorn, dessen Existenz nicht einmal bewiesen ist, mit dem zwar seltenen, aber allen Zoologen bekannten Gumun? Was verbindet den liebenswerten Tüm Tüm de Lüm mit dem wortkargen Grunztier-Transmutator von Bluxte? Und was ein so vertrautes (allzu vertrautes?) Wesen wie den Spigli mit simplen Zugtieren wie den Mega-Insekten aus Zabir?

Wenn diese aus wissenschaftlicher Sicht etwas oberflächliche und unter taxonomischen Gesichtspunkten wohl auch kaum zu rechtfertigende Klassifizierung gleichwohl etwas für sich hat, dann deshalb, weil sie das Bild der schönsten Märkte des Kosmos prägt, wo Kaufmannsgilden aus Syrtis, Pulipssime aus Central City oder umherziehende Apominobas (die allerdings mehr auf unbelebte Objekte spezialisiert sind) sie uns an ihren Verkaufsständen vorleben.

So auch beim großen Markt von Zakatib auf den Asteroiden von Shimballil, einem bei Schaulustigen, Trödlern und Sammlern, aber auch schlichten Benutzern (von denen einige übrigens stark abhängig sind) überaus beliebten Treffpunkt. Daß das Angebot auf Zakatib sehr reichhaltig ist, räumen selbst jene ein, die nicht ohne Heuchelei seinen zuweilen illegalen Charakter anprangern.

Die Schamlis

Die Hypnotisierenden Schamlis von Glimius helfen jedem, der sich von ihnen einschließen läßt, zu vergessen. Ihre Wirksamkeit und ihr stolzer Preis machen sie zu einem bei den höheren Kasten zahlreicher Sonnensysteme sehr begehrten Objekt. Schamlis sind im übrigen mitverantwortlich für den Sturz mehrerer Dynastien, die ihren Gebrauch etwas übertrieben.

Neu: etwa 14 000 Blutoks.
Gebraucht: zwischen 5000 und 7000 Blutoks.

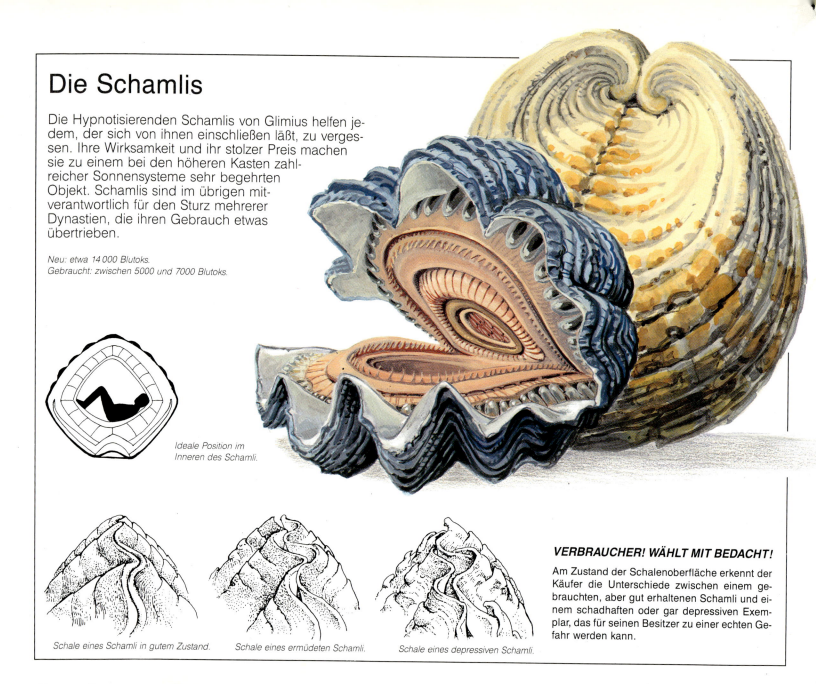

Ideale Position im Inneren des Schamli.

Schale eines Schamli in gutem Zustand. *Schale eines ermüdeten Schamli.* *Schale eines depressiven Schamli.*

VERBRAUCHER! WÄHLT MIT BEDACHT!

Am Zustand der Schalenoberfläche erkennt der Käufer die Unterschiede zwischen einem gebrauchten, aber gut erhaltenen Schamli und einem schadhaften oder gar depressiven Exemplar, das für seinen Besitzer zu einer echten Gefahr werden kann.

Der Spigli von Bluxte

Die Fauna von Bluxte ist vor allem wegen des überaus seltenen Grunztier-Transmutators berühmt geworden. Doch sollte man auch den Spigli nicht unterschätzen. Auf dem Kopf seines Herrn sitzend, verschafft er diesem mittels Gedankenübertragung ein Gefühl stetigen Wohlbefindens. Obwohl verbreiteter als das Grunztier, ist auch der Spigli Gegenstand lebhaften Schmuggels. Wegen gefährlicher Nebenwirkungen ist sein Verkauf auf einigen Welten untersagt. Bei maßloser Verwendung nämlich ergreift die Psyche des Spigli in einer Art gegenseitiger Durchdringung von der seines Trägers Besitz, was diesem zwar Glücksgefühle beschert, aber auch zu einer nicht mehr umkehrbaren Entpersönlichung führt.

Man rechnet 4000 Blutoks für ein besonders gutmütiges Exemplar.

Der interzervikale Austausch zwischen dem Spigli und seinem Träger

Normales Niveau *Gefährliches Niveau* *Zerstörung des Ego*

Der Borfluq

Es handelt sich hier um ein Tier, das sich besonders bei Zerstreuten, bei Polizisten und ... bei Dieben großer Wertschätzung erfreut. Sein exzellenter Geruchssinn befähigt ihn, die Spur jedes Individuums, Wesens oder Objekts zu verfolgen, dessen Geruchskomponenten ihm zuvor mitgeteilt wurden. Wegen seiner Anhänglichkeit wird der Borfluq überdies gern als Haustier gehalten, trotz der Tatsache, daß sein eigenartiger Geruch von vielen Arten, wenn auch längst nicht von allen, als unerträglich empfunden wird. Sein Marktwert schwankt daher je nach Kundenkreis.
300 bis 900 Blutoks.

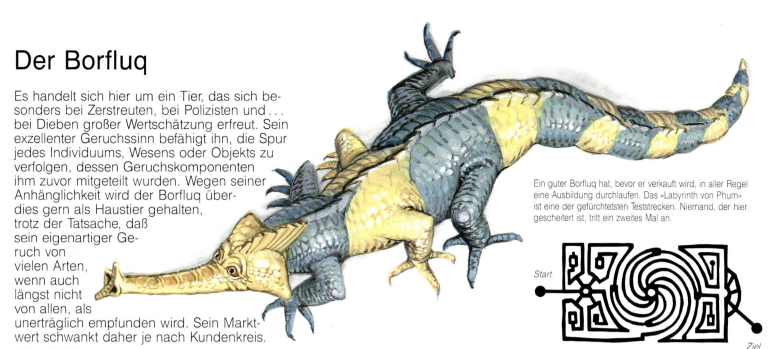

Ein guter Borfluq hat, bevor er verkauft wird, in aller Regel eine Ausbildung durchlaufen. Das »Labyrinth von Phum« ist eine der gefürchtetsten Teststrecken. Niemand, der hier gescheitert ist, tritt ein zweites Mal an.

Der Tüm Tüm de Lüm

Der Tüm Tüm de Lüm ist ein dekoratives kleines Tier, das am nützlichsten ist, wenn man es (je nach Körperbau) in den Haaren, im Pelz, in den Schuppen, am Rüssel, am Schopf, an Hörnern, Kämmen, Fühlern oder Scheinfüßchen trägt. Verwendet wird es vor allem zu Observationszwecken, denn das einzigartige Speicherungsvermögen seiner Netzhaut ermöglicht die nachträgliche Wiedergabe eines jeden von seinem Auge wahrgenommenen Bildes. Vor und nach Gebrauch kann der Tüm Tüm de Lüm in eine Art Winterschlaf versetzt werden.
Wert: 3000 bis 15 000 Blutoks
(Spitzenexemplare werden unter Vorlage eines Stammbaums verkauft).

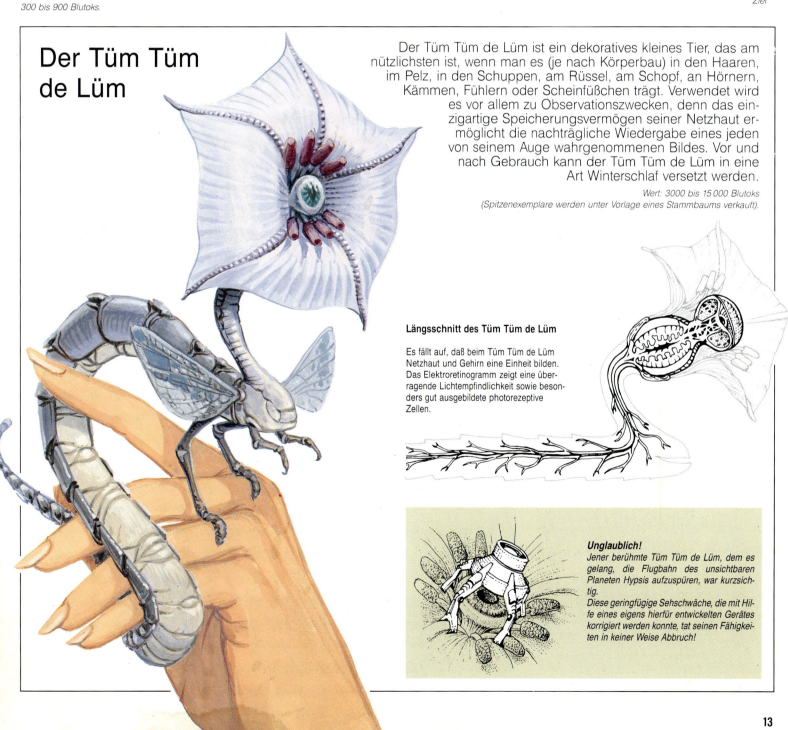

Längsschnitt des Tüm Tüm de Lüm

Es fällt auf, daß beim Tüm Tüm de Lüm Netzhaut und Gehirn eine Einheit bilden. Das Elektroretinogramm zeigt eine überragende Lichtempfindlichkeit sowie besonders gut ausgebildete photoreceptive Zellen.

Unglaublich!
Jener berühmte Tüm Tüm de Lüm, dem es gelang, die Flugbahn des unsichtbaren Planeten Hypsis aufzuspüren, war kurzsichtig. Diese geringfügige Sehschwäche, die mit Hilfe eines eigens hierfür entwickelten Gerätes korrigiert werden konnte, tat seinen Fähigkeiten in keiner Weise Abbruch!

Die lebenden Steine von Arphal

Sie werden nach den gleichen Merkmalen klassifiziert wie Diamanten. Reinheit, Größe, Farbe, Glanz oder Schönheit des Schliffs sind einige der Kriterien, die ihren Preis bestimmen. Hinzu kommen andere Eigenschaften. Einige Steine etwa liegen weicher auf der Haut, auf der sie sich festsetzen, als andere. Schon dadurch erklären sich die zum Teil beträchtlichen Wertunterschiede.

Von 50 bis 200 Blutoks.

AUSSTELLUNG LEBENDER STEINE IN SHIMBALLIL

Das hier gezeigte Muster wird von der Prinzessin Uala von Ualam getragen.

Der Tschung

Tschungs sind wegen ihres perfekten Orientierungssinns begehrt. Die Analyse der von ihnen aufgezeichneten Daten ermöglicht es, eine Flugbahn exakt zu rekonstruieren und selbst unzugängliche Abflugpunkte wiederzufinden. Einige Völker, die keinerlei Orientierungsvermögen besitzen, halten sich einen regelrechten Vorrat an Tschungs, um sicherzugehen, daß sie jederzeit zu ihrem Heimatort zurückfinden. Tschungs können getrocknet aufbewahrt werden, was ihre Handhabung erleichtert.

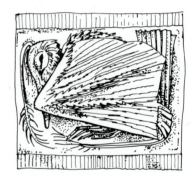

Getrockneter Tschung in seiner Schutzhülle

Eingeweichter, gebrauchsfertiger Tschung

*200 Blutoks das Stück.
2000 Blutoks das Dutzend.
Sonderpreise bei Sammeleinkäufen.*

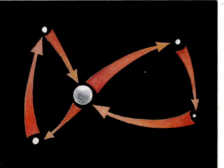

DIE WANDERUNGSBEWEGUNGEN DER BUBS

1 Mit Tschungs
2 Ohne Tschungs

Im rechten Bild ist erkennbar, daß die bedauernswerten Bubs nicht in der Lage sind, zu ihrem Heimatmond zurückzufinden. Dieses von dem namhaften Kosmopsychiater Vana Stu de Bi durchgeführte Experiment mußte abgebrochen werden, weil den Bubs, die völlig erschöpft und dem Wahnsinn nahe waren, die totale Ausrottung drohte.

Die Skromm-Häuser

Die Skromms sind riesenhafte Haus-Tiere, die vom hohlen Planeten Zabir stammen. Selten exportiert, sind sie sowohl bei Nomaden als auch bei Individualtouristen gefragt.
Nicht eben schnell

(7 km/h), aber behaglich (der Hausteil ist klimatisiert) und genügsam (etwa ein Doppelzentner beliebiger pflanzlicher Nahrung pro Tag), stehen die Skromms in hartem Wettbewerb mit einer Vielzahl mechanischer Transportmittel, werden aber von Liebhabern nach wie vor geschätzt.

Ausgewachsener männlicher Skromm: 30 000 Blutoks.
Ausgewachsener weiblicher Skromm: 25 000 Blutoks.

TYPISCHE RAUM-ANORDNUNG EINES HAUS-TIERES

Auffallend die vielen knorpligen Aushöhlungen, die sich besonders gut für kleinwüchsige Wesen, etwa für Kinder, eignen.

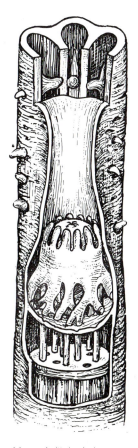

Längsschnitt durch das Heiz- und Kühlsystem eines Skromm.

Die Mega-Insekten
Eine lebende Armada

Die Mega-Insekten von Zabir werden als Zugtiere von Fluggeräten eingesetzt. Auch diese trotz ihres zuweilen furchterregenden Aussehens friedfertigen Tiere sind durch die mechanischen Luftfahrzeuge bedroht. Ihr Preis ist in letzter Zeit stark gesunken.

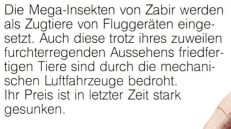

Für ein dressiertes Paar muß man etwa 8000, für ein nicht dressiertes rund 5000 Blutoks rechnen.

Das majestätische Schiff des Kaisers Alzafar, gezogen von einem Gespann aus zwölf Tschuffs.

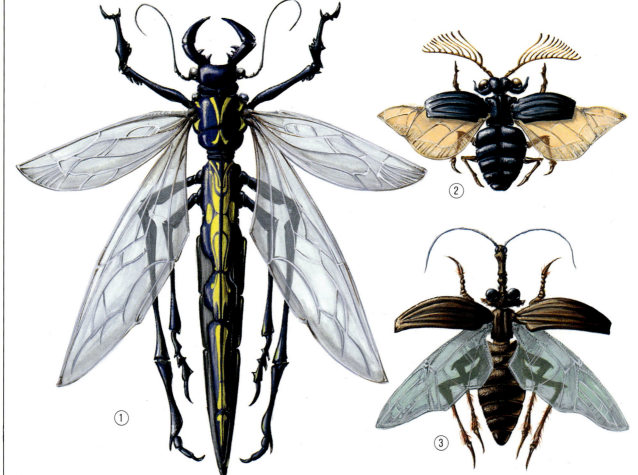

WER MACHT WAS?

1 Der Baff
Schwerer Bomber, kann unter seinem Hinterleib bis zu 18 explosive Flogums befördern.

2 Der Tschuff
Seiner Kraft und seines Gruppensinns wegen geschätzt, eignet er sich hervorragend zum Abschleppen von schwerem Gefährt.

3 Der Pitt
Leichter Jäger, kann einen Piloten und drei Flogums befördern.

Die Zypanons von Zyp
Rätselhafte Himmelsreisende, Träger inneren Friedens

Wird auf dem Markt ein Zypanon zum Verkauf angeboten, muß man wissen, daß es sich dabei in jedem Fall um *Schmuggelware* handelt, denn *Zypanons sind nicht käuflich zu erwerben.* Der Kauf geschieht mithin auf eigene Gefahr. Wenn man Pech hat, landet man im Gefängnis, und in einigen Sonnensystemen, wo der Zypanon von Zyp als Gottheit verehrt wird, droht einem gar die *Todesstrafe*.

Je nach Rasse und Individuum erzeugt die Gegenwart eines oder mehrerer Zypanons ein Gefühl von »Wärme im Bauch«, von »Erweiterung der Globisphäre«, »Entspannung der Rarks«, »Aufgehen der Vavanne«, etc. Wenn man die spärlichen Erkenntnisse der Wissenschaft, die in dieser Frage noch ganz am Anfang steht, einmal außer acht läßt, könnte man ganz einfach von Gefühlen der Zärtlichkeit, der Liebe, des inneren Friedens sprechen, für die praktisch alle höheren Lebewesen des Kosmos empfänglich sind.

Die Zypanons von Zyp kennen weder einen festen Wohnsitz noch einen Heimatplaneten, sondern ziehen in kleinen Schwärmen umher. Nach welchen Gesetzen dies geschieht, ist bislang ebensowenig erforscht wie die Art ihrer Verständigung, ihrer Nahrungsaufnahme oder ihrer Fortpflanzung. Untersuchungen, die sich mit ihnen befaßt haben, sind durchweg ergebnislos geblieben. Ein Zypanon, den man für Versuchszwecke verwenden wollte, würde verkümmern und binnen kürzester Zeit zugrunde gehen.

Nach Ansicht der *Marmakas*, die sich als Psychologen einen Namen gemacht haben, weist das Heilverfahren der Zypanons in seiner stummen, rätselhaften Leichtigkeit und seinen zwar nicht dauerhaften, aber doch spürbaren Wirkungen gewisse Ähnlichkeiten mit den Methoden der auf der Erde beheimateten psychoanalytischen Schule der sogenannten »Lakanier« auf. Andere Fachleute dagegen widersprechen der Auffassung der Marmakas und weisen darauf hin, daß das Wirken der Zypanons niemals Kosten verursacht, was man von den Vertretern der besagten irdischen Schule ganz und gar nicht behaupten kann.

EIN FABELWESEN?

Einige uns bekannte Tiere, die so selten sind, daß man sie als mythisch bezeichnen kann, sind zuweilen auf Versteigerungen zu erwerben, allerdings zu besonderen und in der Regel unzumutbaren Konditionen.
Auf das Gumun von Alflolol und das Grunztier von Bluxte werden wir in einem der folgenden Kapitel eingehen. Das von der Erde stammende Einhorn wurde seit Urzeiten nicht mehr gesehen, seine Existenz steht trotz einiger interessanter Hinweise in Frage.

DIE SCHÄDLINGE

Es ist immer problematisch, in einem Werk wie diesem, das Anspruch auf wissenschaftliche Genauigkeit erhebt, von »schädlichen« Arten zu sprechen. Es kommt ganz darauf an, von welchem Standpunkt aus man die Sache betrachtet. Was an einem Ort des Kosmos als schädlich angesehen wird, wird an einem anderen durchaus für nützlich oder doch zumindest völlig normal gehalten: Das gigantische Ökosystem der bekannten und der unbekannten Welt funktioniert immer nur im Zusammenspiel sich ergänzender Kräfte.

Viele der Geschöpfe, die als ekelhaft gelten, werden ausschließlich durch ihren elementaren Überlebenstrieb von einer von ihnen als feindlich empfundenen Umwelt zu aggressiven Verhaltensweisen gezwungen. Dies gilt etwa für so gefährliche Raubtiere wie die Materiefresser und die Raumhunde, die entlang der Himmelsstraße den wenigen Raumschiffen auflauern, die ihre einzige Nahrungsquelle darstellen, aber auch in der Lage sind, sie gleich hordenweise mit Hilfe atomarer Bordkanonen zu vernichten.

Andere Geschöpfe werden dank ihrer physiochemischen Besonderheiten als Söldner des Todes eingesetzt, und das in Kämpfen, die ihnen eigentlich vollkommen fremd sind. Dies ist der Fall bei den Kutschuk-Feuerspeiern, den Talam-Giftspuckern, den Klamip-Schneidezungen und den zahmen Gruffs, die unterschiedslos auf verschiedenen Planeten eingesetzt werden und in bestimmten galaktischen Regionen Gegenstand eines lebhaften Schmuggels sind.

Andere Schädlinge wiederum, wie der Verdoppelnde Shalafut, die Marcyam oder die Wahnvögel, werden zu kriminellen Handlungen angestiftet, und dies einzig und allein unter Ausnutzung ihnen angeborener Charaktereigenschaften, aufgrund derer sie sich zu törichten Provokationen und unmotivierten Übergriffen oder aber zu blindem Gehorsam gefährlichen Tyrannen gegenüber verleiten lassen.

Wiederum andere verdienen wegen ihrer Größe, ihrer Macht oder ihres mythischen Charakters besonders hervorgehoben zu werden oder auch aufgrund ihrer (wie im Falle des Großen Sammlers, S. 27) auf Unzerstörbarkeit bzw. (wie beim Tyrannen, S. 58−59) auf Unendlichkeit angelegten Struktur. Es hat also alles seine zwei Seiten. Auch im Falle der riesenhaften Elementarwesen (Seite 26) stellt weniger deren eigentliche Natur als vielmehr ihre Verwendung ein Problem dar.

Die Raumhunde

Diese von den aus der Kassiopeia verbannten Schurken auf Angriff getrimmten Hunde sind der Schrecken jener Reisenden, die in einem Schadensfall ihr Fahrzeug verlassen müssen, um es zu reparieren. Sie werden eine leichte Beute dieser urplötzlich auftauchenden Bestien, die mit geifernden Lefzen über ihre wehrlosen Opfer herfallen.

Die Materiefresser

Man kennt sie vor allem wegen des Krieges, den sie einst auf Cyba geführt haben. Ein einziges Pärchen dieser beißwütigen Raubtiere vermag ohne weiteres ein Raumschiff mittlerer Größe in weniger als einem Erdentag zu verschlingen.

Die Marcyam
Gefürchtete Angreiferin, heißbegehrtes Jagd- und Handelsobjekt

Die in großer Zahl in den Sümpfen von Syrtis lebende Marcyam greift alles an, was ihr nahe kommt, insbesondere nach pollenhaltigen Gewittern. Zugleich ist sie, ihrer wertvollen Haut wegen, eine begehrte Beute der Fischer von Syrtis, die sie ungeachtet ihrer Gefährlichkeit jagen, hauptsächlich mit der Harpune. Da zudem ihr geräuchertes Fleisch als Delikatesse gilt, wurde dieses riesige Tier zum ersten großen Verkaufsschlager des Marktplaneten Syrtis.

ABLAUF EINER MARCYAM-JAGD

In der klassischen Technik greifen drei Kolonnen syrtischer Fischer das Tier an, nachdem sie Barrikaden errichtet haben, die ihm jeden Rückweg versperren.

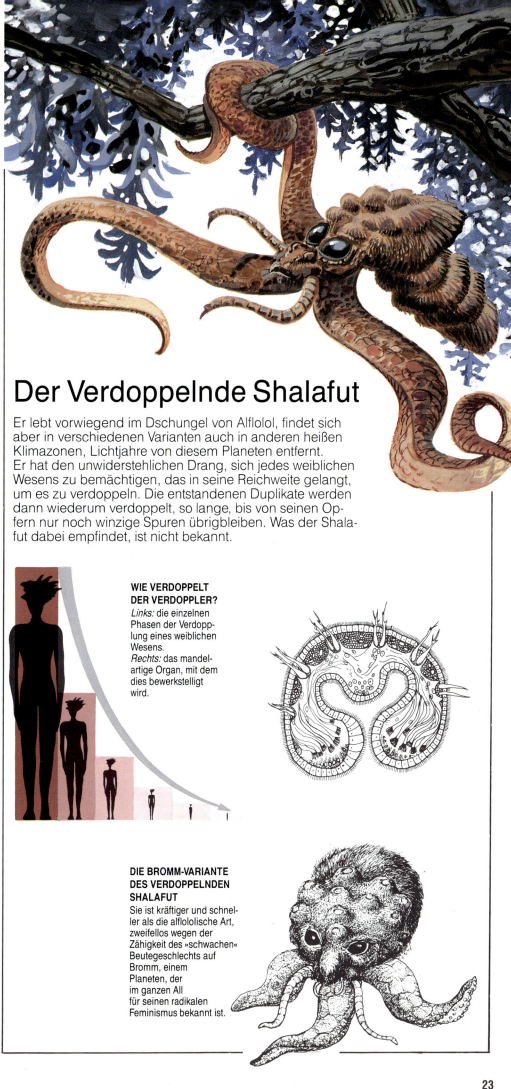

Der Verdoppelnde Shalafut

Er lebt vorwiegend im Dschungel von Alflolol, findet sich aber in verschiedenen Varianten auch in anderen heißen Klimazonen, Lichtjahre von diesem Planeten entfernt. Er hat den unwiderstehlichen Drang, sich jedes weiblichen Wesens zu bemächtigen, das in seine Reichweite gelangt, um es zu verdoppeln. Die entstandenen Duplikate werden dann wiederum verdoppelt, so lange, bis von seinen Opfern nur noch winzige Spuren übrigbleiben. Was der Shalafut dabei empfindet, ist nicht bekannt.

WIE VERDOPPELT DER VERDOPPLER?

Links: die einzelnen Phasen der Verdopplung eines weiblichen Wesens.
Rechts: das mandelartige Organ, mit dem dies bewerkstelligt wird.

DIE BROMM-VARIANTE DES VERDOPPELNDEN SHALAFUT

Sie ist kräftiger und schneller als die alflololische Art, zweifellos wegen der Zähigkeit des »schwachen« Beutegeschlechts auf Bromm, einem Planeten, der im ganzen All für seinen radikalen Feminismus bekannt ist.

Die lebenden Waffen
Vom imperialen Schmuggel zur genetischen Auslese

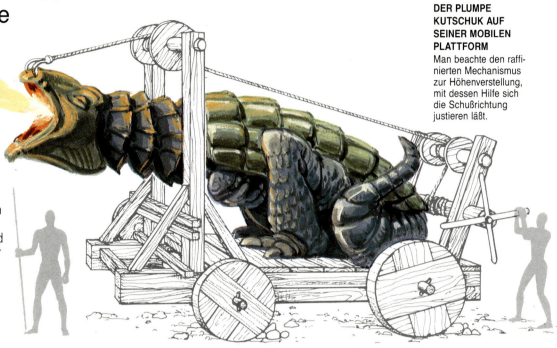

Die feuerspeienden Kutschuks, giftspuckenden Talams und schwertzüngigen Klamips gehören zu den verbreitetsten lebenden Waffen.
Die Zeiten, da sie als Schmuggelware gehandelt wurden, scheinen allerdings vorbei zu sein, seit man in der Nähe des Sternhaufens von Climphy regelrechte Zuchtstationen eingerichtet hat. Die dort verwendeten Zuchttiere werden einzig und allein unter dem Gesichtspunkt der größten Gefährlichkeit ausgewählt.

DER PLUMPE KUTSCHUK AUF SEINER MOBILEN PLATTFORM
Man beachte den raffinierten Mechanismus zur Höhenverstellung, mit dessen Hilfe sich die Schußrichtung justieren läßt.

DER GIFTSPUCKENDE TALAM
Von besonderer Gefährlichkeit ist seine giftige Spucke in gasförmigem Zustand. Da sein Einsatz Erstickungsanfälle und Hautausschläge hervorrufen kann, ist der Talam durch einen von praktisch allen zivilisierten Welten unterzeichneten galaktischen Vertrag verboten.

DER SCHWERTZÜNGIGE KLAMIP
Hier in der Version als Krummschwert abgebildet. Es gibt ihn auch als Stoßdegen (ohne Zubehör) sowie als Säbel und Rapier (mit Zubehör). Ein Stein zum Schleifen der Zunge wird auf Wunsch mitgeliefert.

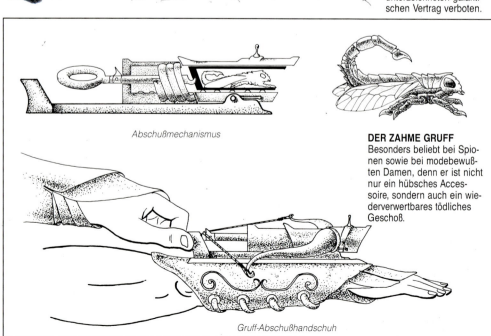

Abschußmechanismus

DER ZAHME GRUFF
Besonders beliebt bei Spionen sowie bei modebewußten Damen, denn er ist nicht nur ein hübsches Accessoire, sondern auch ein wiederverwertbares tödliches Geschoß.

Gruff-Abschußhandschuh

Die Wahnvögel
Parapsychiatrische Methoden im Dienste der Autorität

Sie stellen ihre dumpfe Gruppenaggressivität grundsätzlich in den Dienst einer Autorität, ganz gleich, welcher. Von dieser werden sie als Gefängniswärter, Zuchthausaufseher und fliegende Polizeitruppe eingesetzt und verbreiten überall Angst und Schrecken. Die wenigen Experten, die sich eingehender mit ihren Gewohnheiten befaßt haben, versichern gleichwohl, daß sie, als Einzelwesen betrachtet, nicht nur schlechte Seiten haben. Im Falle eines Bisses empfiehlt sich, will man nicht dem Schwachsinn verfallen, die rasche Einnahme von Propyniam 2001, das zwar schwer zu bekommen, aber sehr wirksam ist.

Oben: Charakteristische Flugformation der Wahnvögel
Links: Schematische Darstellung der Giftkanäle im Schnabel des Wahnvogels

Ist er gut oder böse?
DER FALL SCHNARF

Wie fragwürdig jede Art von moralischer Beurteilung im Hinblick auf Schädlinge ist, zeigt sich besonders deutlich am Beispiel des Schnarfs von Bromm. Ein simpler operativer Eingriff, durch den eine Drüsenfunktion unterbunden wird, macht aus einem abstoßenden, haßtriefenden Homunkulus, der mit seinem zersetzenden Speichel alles bespuckt, was in seine Nähe kommt, den liebenswertesten Freund, den man sich denken kann. Was folgern wir daraus? Daß die notwendige Anpassung an die zutiefst feindliche Lebensumwelt des Planeten Bromm (auf dem bezeichnenderweise Materiefresser, Raumhunde und Verdoppelnde Shalafuten beheimatet sind) ein kleines Ungeheuer aus ihm gemacht hat, das aus purem Überlebenstrieb gar nicht umhinkonnte, sich unablässig seiner Widerstandsfähigkeit zu versichern? Ja, zweifellos. In einer freundlicheren Umgebung jedoch hätte er sich womöglich ganz anders entwickelt. Das beweist seine postoperative Wandlung, die zugleich psychische Entspannung und ethische Umstrukturierung bedeutet, auf eindrucksvolle Weise.

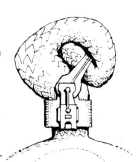

Abnehmbares Gerät zur Ligatur von Drüsenfunktionen; läßt sich fernsteuern.

Die vier Elementarwesen

Verkörperungen des Guten wie des Bösen

Die vier Urgestalten der Materie und ihre zuweilen furchterregenden Verkörperungen werden auf der Erde von dem bedeutenden Wissenschafts- und Mythologie-Philosophen Chatelard untersucht, hier auf einem Photo in seinem Garten mit seinem Freund Albert und den Verfassern dieses Werks.

1
Gewalt, Schwere, Macht:
das ist das Antlitz der
Erde.

2
Schönheit, Wärme, Zerstörung:
in ihnen manifestiert sich
das **Feuer.**

3
Nacht, Milde, langsame Kraft:
das sind die Eigenschaften des **Wassers.**

4
Traum, Leichtigkeit, Wahnsinn:
so stellt sich das Bild der **Luft** dar.

ALS "DER GROSSE SAMMLER" BEKANNT UND GEFÜRCHTET, HERRSCHTE EINST EIN GEHARNISCHTES, VON EINEM UNZERSTÖRBAREN KNOCHENPANZER GESCHÜTZTES MONSTRUM ÜBER EINEN MIKRO-PLANETEN, DEN ES IN EINEN PRIVATZOO VERWANDELT HATTE.

DER GROSSE SAMMLER HATTE SEIN LEHEN RECHT ANSPRECHEND HERGERICHTET FÜR DIE UNTERBRINGUNG SEINER PRIVATSAMMLUNG KOSMISCHER ARTEN, DIE ER VOM HIMMEL HOLTE UND DANN ZU ABSURDEN SPIELEN ZWANG, WIE ETWA DEM LAUF DURCH IRRGÄRTEN OHNE AUSGÄNGE.

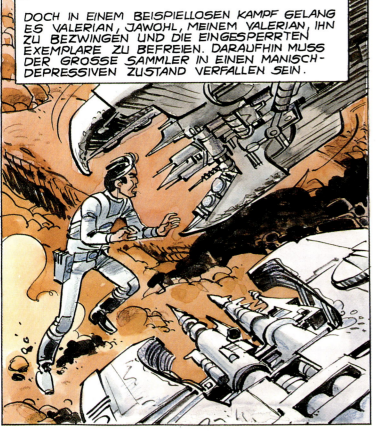

DOCH IN EINEM BEISPIELLOSEN KAMPF GELANG ES VALERIAN, JAWOHL, MEINEM VALERIAN, IHN ZU BEZWINGEN UND DIE EINGESPERRTEN EXEMPLARE ZU BEFREIEN. DARAUFHIN MUSS DER GROSSE SAMMLER IN EINEN MANISCH-DEPRESSIVEN ZUSTAND VERFALLEN SEIN.

NUN IST ER SELBST DIE EINZIGE ATTRAKTION, DIE ES FÜR DIE KINDER AUF SEINEM MIKRO-PLANETEN, DER IN EINEN ÖFFENTLICHEN VERGNÜGUNGSPARK UMGEWANDELT WURDE, ZU BESTAUNEN GIBT. VON DEN VERWALTERN DES PARKS IN CRUNCHY UMBENANNT (ZWEIFELLOS IN ANSPIELUNG AUF DAS TYPISCHE GERÄUSCH SEINER KAUWERKZEUGE), VERBRINGT ER SEINE FREIZEIT NUN DAMIT, FALLEN UND LABYRINTHE ZU ENTWERFEN, DIE ER, DAS HOFFEN WIR JEDENFALLS, NIEMALS VERWIRKLICHEN WIRD.

OB ER WIRKLICH DEN INNEREN FRIEDEN WIEDERGEFUNDEN HAT, SEIT ER NICHT MEHR HERR ÜBER DEN DÜSTEREN FRIEDHOF JENER RAUMSCHIFFE IST, DIE IHM EINST DIE GEFANGENEN TIERE LIEFERTEN? DAS JEDENFALLS BEHAUPTET UNSER FREUND, DER BERÜHMTE KOSMOSPSYCHIATER VANA STU DE BI, DER DEN GROSSEN SAMMLER SEIT DESSEN TRAUMA PSYCHOANALYTISCH BETREUT.

DIE HERDENTIERE

Ob Zweibeiner oder Vierbeiner, Achtfüßler oder Vielfüßler, eierlegende oder Säugetiere, Pflanzenfresser, Wiederkäuer oder Schädlinge, ob mit Hörnern, Flossen, Stacheln oder Hufen – ihnen allen ist gemeinsam, daß sie stets in Rudeln leben, stets als Gruppe denken, stets vereint hassen und kollektiv lieben. Man bezeichnet sie als Herdentiere. Was über sie gesagt wird, klingt allzuoft abfällig. Schon der Begriff selbst wird in abwertendem Sinn verwendet. So nennt man jemanden, dem es auffallend an Individualität, Eigenart oder geistiger Beweglichkeit mangelt, einen »Bagulin-Schädel« oder sagt von ihm, er habe »nicht viel mehr zwischen den Hörnern als ein Blopik«.

Natürlich gehören Individualität und geistige Beweglichkeit nicht zu den charakteristischen Merkmalen dieser oft streitsüchtigen Dickschädel, denen jede intellektuelle Regung fremd ist. Keine ihrer Zivilisationen kann schreiben, allein die mündliche Überlieferung sorgt für den starken Zusammenhalt innerhalb der Gemeinschaft, die ihre bescheidenen Ziele mit drastischen Mitteln verfolgt.

Eine allzu negative Betrachtungsweise allerdings wäre ebenso ungerecht wie einseitig. Allen Herdentieren wird großer Mut nachgesagt. Ihre Beherrschung einer zwar veralteten, aber wirkungsvollen Kriegsführung macht sie zu begehrten Soldaten und Söldnern, was vor allem für die Bagulins gilt. Wegen ihres großen Fleißes werden sie zudem von Baumeistern als Hilfskräfte geschätzt, etwa von den Solumiern, die von alters her mit dem Wiederaufbau ihrer einzigen Stadt beschäftigt sind, die in porösem Grund versinkt.

Bekannt sind die Herdentiere auch für ihre große Geschicklichkeit in Mannschaftssportarten. Für die riesigen Umbrier etwa gibt es keine schönere und vergnüglichere Beschäftigung als Spiele in ihrer feuchten Umgebung. Die Kamuniks haben sich mit der Organisation von Sportveranstaltungen einen Namen gemacht und die Bagulins mit ihren großen Festen. Nur die Blopiks, besonders finstere Gestalten, die nie andere Planeten bereisen, haben vielleicht einen Ruf, der ihrer wenngleich kaum offen gezeigten Herzlichkeit nicht gerecht wird.

Nicht zu unterschätzen ist auch der reiche Fundus an Folklore, der aus dem Fehlen jeglichen Schrifttums entstanden ist. Die Begegnung mit anderen Herdenzivilisationen fördert die Tätigkeit begabter Geschichtenerzähler, die verschiedenen Rassen entstammen, aber sehr gut in die Gruppe integriert sind. So auf Solum, wo den Erzählern die Aufgabe zukommt, die Erinnerung an die Vergangenheit wachzuhalten, oder auf Bagul, wo alte Barden aus einem riesigen Kristall den Atem des Epos strömen lassen.

Alles in allem eine vielleicht etwas schwerfällige, wenig zur Abstraktion neigende Gesellschaft, in der sich die Lust am Gehorsam mit einem ausgeprägten Hang zur Brutalität verbindet. Doch schon zahlenmäßig spielt sie auf den meisten Sonnensystemen eine wichtige Rolle und stellt im Jargon gewisser politischer Kreise das dar, was man »die Masse«, »das Volk« oder schlicht und einfach »wir« nennt. Man sollte sie nicht unterschätzen, denn auch wenn die Masse nur langsam in Bewegung kommt, so ist es doch oft schwierig, sie wieder zum Stehen zu bringen.

Sie leben in Horden

Die Bagulins

Abends nach dem Kampf sitzen männliche und weibliche Bagulins gern in froher Runde beieinander, trinken und lauschen ihrem Erzähler. Die Geschichten, die dieser vorträgt, handeln zumeist von den bagulinischen Königinnen und ihren größten kriegerischen Ruhmestaten. Ein von Doktor Bzum (einem ebenso gescheiten wie umstrittenen Gelehrten, der sich in der Intergalaktischen Wissenschaftlichen Gesellschaft gern als Spezialist für Herdentiere aufspielt, obwohl viele seiner Informationen nur aus zweiter Hand stammen) angelegtes Verzeichnis umfaßt über einhundert Erzählzyklen, die in ihrer Art an Heldenlieder erinnern.
Zu den bekanntesten zählen:

Wie unsere Königin Barflum I. die Garubier zermalmte
Unsere Königin Bandar-Dar III. und der Sieg von Slomp
Unsere Königin Zumita und die Suche nach dem Klaar
Tod den abscheulichen Troggs, es leben unsere schönen Königinnen!
Schöne Königinnen, große Siegerinnen!
Die erhabene Königin Tagabut und der jämmerliche Prinz M'wow.

Die Solumier

Unterirdische Struktur des Planeten Solum
Die einzelnen Schichten lassen die Entwicklung der architektonischen Stilrichtungen erkennen. Jede Schicht bewahrt ein unsterbliches »Gedächtnis«, dessen Lage durch einen roten Punkt gekennzeichnet ist.

- ■ Lam-Zeitalter
- ■ Trocotroco-Zeitalter
- ■ Fuuul-Zeitalter
- ■ Cronk-Zeitalter

Die Kamuniks

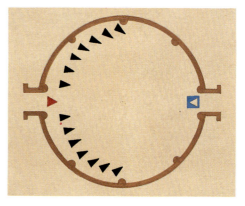

Links:
Grundriß einer Arena für das Weibchen-Wipp-Spiel.

Rechts:
Ein Podium. Man beachte die Biegsamkeit des Mastes, die es dem Spieler ermöglicht, die Frau (oder das Weibchen) durch Ziehen an den Seilen herunterzuholen.

DAS WEIBCHEN-WIPP-SPIEL BEI DEN KAMUNIKS

- Man nehme eine Frau (oder, falls keine zur Hand, ein Weibchen humanoiden Typs, in jedem Falle jung).
- Man setze sie auf die Spitze eines geschmückten Mastes.
- Der Anführer der Gruppe stößt in sein Horn, das Spiel kann beginnen.
- Einzige Regel: jeder spielt für sich allein.
- Das Ziel des Spiels besteht darin, die Frau (bzw. das Weibchen) an einem beliebigen Körperteil zu packen und nicht mehr herzugeben. Es sind alle Tricks erlaubt, um einem Mitspieler die Frau (oder das Weibchen) wieder abzujagen. Zu diesem Zweck können sich Spieler zeitweise auch untereinander verbünden.
- Nur einer kann jedoch am Ende der Sieger sein.
- Ein Durchgang ist beendet, sobald einer der Spieler die Frau (bzw. das Weibchen) dem Anführer vor die Füße geworfen hat.
- Das gesamte Spiel geht über zwanzig Runden, was für die ausgewählten Frauen (bzw. Weibchen) eine große Strapaze bedeutet.
- Sieger ist, wer die meisten Runden gewonnen hat.
- Im Falle eines Gleichstandes verfährt man folgendermaßen: Die Frau (bzw. das Weibchen) wird von einem so weit wie möglich vom Anführer der Gruppe entfernten Punkt aus diesem zugeworfen. Die Treffgenauigkeit entscheidet über den Sieger.

NB: Es ist *untersagt*, der Frau *vorsätzlich* Schmerzen zuzufügen. Jede Art von Brutalität ist ein Verstoß gegen den Ehrenkodex der Kamuniks und hat den sofortigen Ausschluß des betreffenden Spielers für eine Runde zur Folge. Wiederholtes Fehlverhalten über mehr als fünf Runden führt zum endgültigen Ausschluß vom Spiel.

Die Blopiks

Die Angriffstaktiken der Blopiks
Es gibt nur drei. Entschlossen durchgeführt, können sie in den gegnerischen Reihen jedoch große Verwüstungen anrichten.

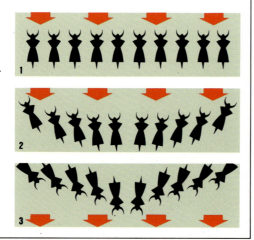

1. Der Frontalangriff »Horn gegen Horn«.
2. Der seitliche Angriff, »leichte Kavallerie« genannt.
3. Der rückwärtige Angriff, »Hinterbackenattacke« genannt.

Der Erzähler und sein Kristall

Die Bagulins halten sich für Kenner der Dichtkunst, obgleich diese Selbsteinschätzung von angesehenen Literaturkritikern gelegentlich in Zweifel gezogen wird.
Jeder nach seinem Geschmack, ist man versucht zu sagen. Aber urteilen Sie selbst:

Ausschnitt aus
»Die erhabene Königin Tagabut«
Die Königin: Sieht aus, als wolltest du zu mir, Kümmerling...
Der andere: Ja, Frau Königin.
Die Königin: Komm schon her, du jämmerlicher Winzling, daß ich dir'n Mauerstein auf deinen müden Schädel schmeiß!
Der andere: Ja, Frau Königin.
(Man hört einen dumpfen Schlag.)
Der andere: Au!
Die Königin: Jetzt biste mit dei'm Latein am Ende, was, Winzling?

Entstehendes Bild auf einem Kristall

Die Umbrier

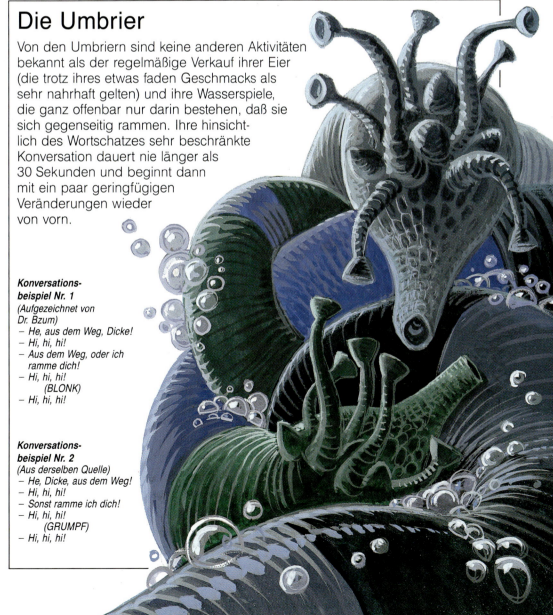

Von den Umbriern sind keine anderen Aktivitäten bekannt als der regelmäßige Verkauf ihrer Eier (die trotz ihres etwas faden Geschmacks als sehr nahrhaft gelten) und ihre Wasserspiele, die ganz offenbar nur darin bestehen, daß sie sich gegenseitig rammen. Ihre hinsichtlich des Wortschatzes sehr beschränkte Konversation dauert nie länger als 30 Sekunden und beginnt dann mit ein paar geringfügigen Veränderungen wieder von vorn.

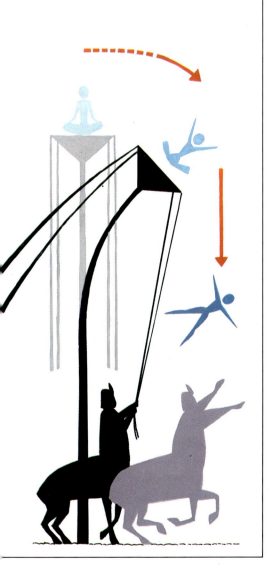

Konversationsbeispiel Nr. 1
(Aufgezeichnet von Dr. Bzum)
– He, aus dem Weg, Dicke!
– Hi, hi, hi!
– Aus dem Weg, oder ich ramme dich!
– Hi, hi, hi!
  (BLONK)
– Hi, hi, hi!

Konversationsbeispiel Nr. 2
(Aus derselben Quelle)
– He, Dicke, aus dem Weg!
– Hi, hi, hi!
– Sonst ramme ich dich!
– Hi, hi, hi!
  (GRUMPF)
– Hi, hi, hi!

DIE SHINGUZ

Nur wenige Arten rufen so gegensätzliche Kommentare hervor wie die Shinguz. Die meisten empfinden sie als abstoßend, andere schätzen sie als wertvolle Partner (oft sind das ein und dieselben, denn in bezug auf die Shinguz ist immer eine Menge Heuchelei im Spiel). Sie kommen ohne Verbündete aus und haben kaum Freunde. Wer sie aber näher kennt, rühmt ihre Empfindsamkeit, ihren Familiensinn und — ganz im Gegensatz zur landläufigen Meinung — ihre absolute Ehrlichkeit. Ihr Planet, ein verödeter Stein mit scheußlichem Klima und (leider oder auch zum Glück) ohne Bodenschätze wird in seiner Trostlosigkeit vielleicht nur noch von dem widerwärtigen Zomuk übertroffen, den seine Bewohner in eine kosmische Müllhalde verwandelt haben.

Die elenden Zustände auf ihrem Heimatplaneten zwingen die Shinguz, die eine reiche Nachkommenschaft zu ernähren haben, von alters her in die Emigration. Dabei haben sie sich ein hochspezialisiertes Betätigungsfeld ausgesucht: Spionage in all ihren Formen. Sie ist ihre einzige Erwerbstätigkeit, ihre einzige Einkommensquelle und das einzige, womit sie sich einen Namen gemacht haben. Und das keineswegs zu Unrecht, denn die Shinguz schaffen es *immer*, an die Informationen zu kommen, die sie suchen.

Gegen den Vorwurf der Bestechlichkeit — sie verkaufen ihre Informationen grundsätzlich nach dem Prinzip des »Höchstgebots« — führen die Shinguz einige zugegeben unpopuläre (und fragwürdige) Theorien ins Feld: Spionage, so behaupten sie, sei das beste Mittel, Kriege zu *verhindern*. Und sie fragen, ob es nicht besser sei, zu kaufen und zu verkaufen, zu tauschen und zu handeln, zu manipulieren und zu vertuschen als zu töten? Wir überlassen es dem Leser, sich ein Urteil zu bilden.

Es ist wahr, daß die Shinguz vor keiner Täuschung zurückschrecken, und das völlige Fehlen moralischer Skrupel ist eines ihrer hervorstechendsten Charaktermerkmale, ebenso wie ihr ausgeprägter Hang zum Trinken und, was man anerkennen muß, die Kunst, immer gerade dort zu sein, wo man sein muß, um aus der jeweiligen Situation, ganz gleich welcher Art, den größtmöglichen Nutzen zu ziehen.

Die Shinguz
Eine raffinierte Anatomie – Ergebnis einer komplizierten Entwicklung

Bei den Shinguz verbindet sich alles zu einer Art Perfektion der Absonderlichkeit. Die Flügel sind völlig mit dem Skelett verwachsen, doch außer ihrem ästhetischen Reiz sind sie ganz offenbar ohne jeden Nutzen. Der Rüssel, der den fehlenden Mund ersetzt, dient als Atmungsorgan, während die überdimensionierten Geschmackspapillen möglicherweise mit dem bei dieser Art sehr verbreiteten Alkoholismus zu tun haben.

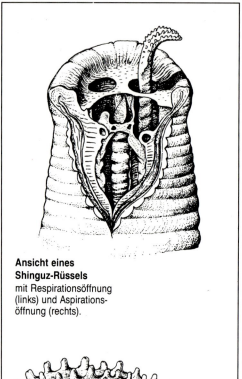

Ansicht eines Shinguz-Rüssels mit Respirationsöffnung (links) und Aspirationsöffnung (rechts).

Die Geschmackspapillen

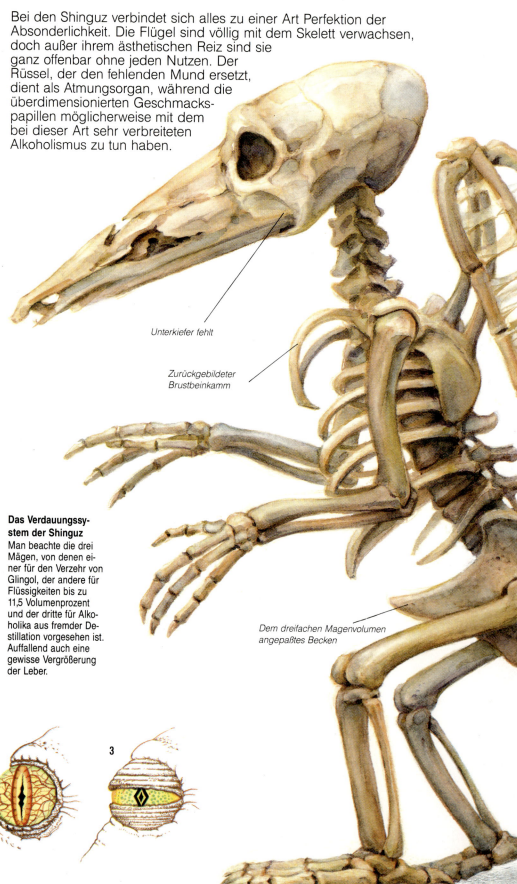

Unterkiefer fehlt

Zurückgebildeter Brustbeinkamm

Dem dreifachen Magenvolumen angepaßtes Becken

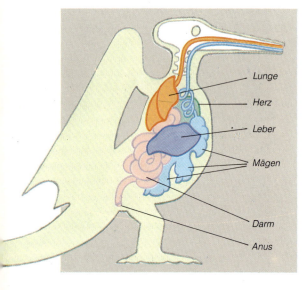

Lunge
Herz
Leber
Mägen
Darm
Anus

Das Verdauungssystem der Shinguz
Man beachte die drei Mägen, von denen einer für den Verzehr von Glingol, der andere für Flüssigkeiten bis zu 11,5 Volumenprozent und der dritte für Alkoholika aus fremder Destillation vorgesehen ist. Auffallend auch eine gewisse Vergrößerung der Leber.

Das Auge der Shinguz ist bekannt für seine ausgezeichnete Sehschärfe, die allerdings davon abhängt, ob das Wesen nüchtern ist (Bild 1), an Glingol-Mangel leidet (Bild 2) oder unter der Einwirkung dieser üblen Flüssigkeit steht (Bild 3).

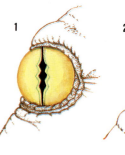
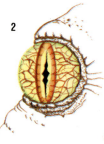

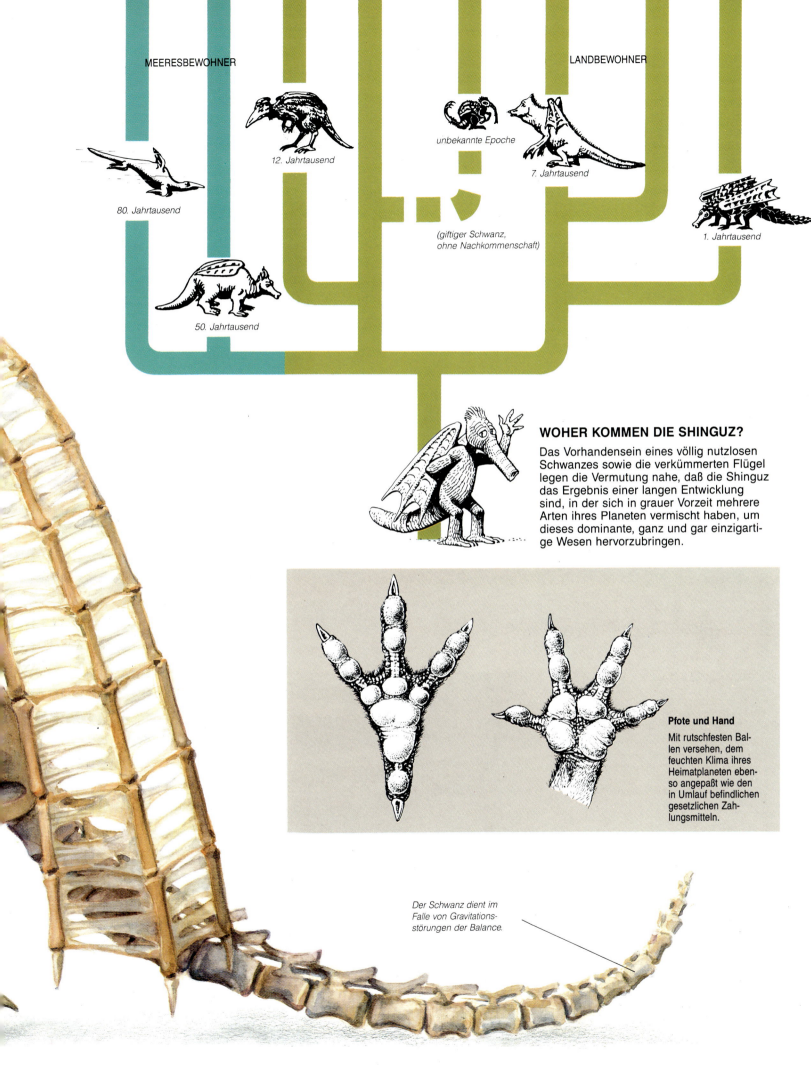

MEERESBEWOHNER · LANDBEWOHNER

80. Jahrtausend

12. Jahrtausend

unbekannte Epoche

7. Jahrtausend

1. Jahrtausend

(giftiger Schwanz, ohne Nachkommenschaft)

50. Jahrtausend

WOHER KOMMEN DIE SHINGUZ?

Das Vorhandensein eines völlig nutzlosen Schwanzes sowie die verkümmerten Flügel legen die Vermutung nahe, daß die Shinguz das Ergebnis einer langen Entwicklung sind, in der sich in grauer Vorzeit mehrere Arten ihres Planeten vermischt haben, um dieses dominante, ganz und gar einzigartige Wesen hervorzubringen.

Pfote und Hand

Mit rutschfesten Ballen versehen, dem feuchten Klima ihres Heimatplaneten ebenso angepaßt wie den in Umlauf befindlichen gesetzlichen Zahlungsmitteln.

Der Schwanz dient im Falle von Gravitationsstörungen der Balance.

Das Leben der Shinguz

Als gute Väter, gute Ehemänner, gute Freunde und sogar gute Tänzer führen die Shinguz ein Familien-, Liebes- und Gesellschaftsleben im Zeichen der Zahl drei. Und trotz der im Grunde widrigen Bedingungen verläuft ihr Zusammenleben keineswegs unharmonisch.

DAS SYSTEM DER FORTPFLANZUNG

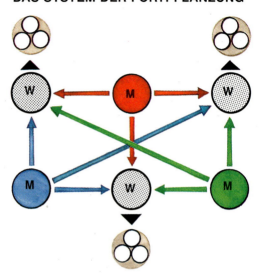

GALOPPIERENDE BEVÖLKERUNGSENTWICKLUNG:
Die Shinguz treten stets zu dritt oder als ein Vielfaches von drei auf. Es paaren sich darum auch immer drei männliche und drei weibliche Shinguz. Jede Mutter bringt drei Shinguz-Babys zur Welt, es werden also gleichzeitig neun Junge geboren. Mit drei Shinguz-Jahren ist das Erwachsenenalter erreicht, so daß die Familie sehr rasch wächst.

Nest mit einem Wurf Shinguz

Brauttanz der Shinguz
1. Das erste Männchen nähert sich mit ausgebreiteten Flügeln.
2. Das zweite Männchen bietet einen Schluck Glingol an.
3. Das dritte Männchen beginnt mit seinem Verführungsritual.
4. Das Weibchen vollführt einen Spagat.
5. Es legt sich, mit eingerolltem Schwanz und ausgestreckten Pfoten, in anmutiger Haltung nieder. Damit ist die erste Partnerwahl getroffen.
6. Das erste Paar entfernt sich mit einer Art Walzer. Das zweite und das dritte Paar tun es ihm gleich. Danach wird getauscht.

DIE RESSOURCEN DES PLANETEN: NULL
Kultivierbare Böden: Keine
Atmosphäre: Schwer atembar
Bodenschätze: Minimale Vorkommen an Glingol, die kaum den Eigenbedarf decken.

EINZIGER AUSWEG: DIE EMIGRATION
Bildung: Keine Schule, alle Fertigkeiten werden von den Eltern vermittelt.
Berufe: Weder Landwirtschaft noch Fischerei, Industrie oder Verwaltung. Sobald sie die körperliche und geistige Reife erreicht haben, werden die jungen männlichen Shinguz (stets zu dritt) zur Weiterbildung auf begüterte Planeten geschickt.
Exportartikel: Ein einziger, die Spionage.

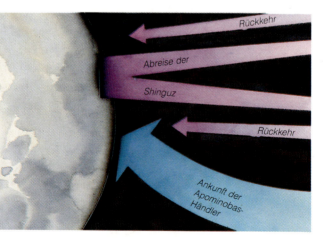

DAS WIRTSCHAFTSSYSTEM

DER HANDEL UND DAS GESETZ DER RÜCKKEHR

Obwohl sie persönlich nichts dorthin zieht, kehren die Shinguz von jeder Mission mit allem, was sie eingenommen haben, zu ihrem Planeten zurück. Ihre Rückkehr fällt mit dem Eintreffen der Apominobas-Händler zusammen, die in jener Einöde ihren Markt aufschlagen. Und dann beginnen die geschäftlichen Transaktionen zwischen den durchtriebensten Händlern der Gegend und den abgebrühtesten Spionen des Kosmos, die mit ausgesuchter Höflichkeit ihre für Außenstehende kaum durchschaubaren Tauschgeschäfte abwickeln.

EINIGE BEISPIELE FÜR GESCHÄFTLICHE TRANSAKTIONEN

AUSGABEN		EINNAHMEN	
Eine Keramik aus der Blütezeit des Ermunn-Munn	= 250 000 Putibloks vom Planeten Ravnus	Ein Staatsgeheimnis aus dem 3. Kreis von Rubanis	= 10 000 Putibloks (oder drei Kugeln in den Rüssel)
Ein besticktes Zelt aus Tanff	= 150 Perlen aus Ebebe	Ein Staatsgeheimnis aus dem 2. Kreis von Rubanis	= 50 000 Putibloks (oder einen Schuß aus dem Desintegrator)
Eine gebrauchte Bildermaschine vom Müllplanten Zomuk	= 30 Spielpyramiden aus Zvolok	Ein Staatsgeheimnis aus dem 1. Kreis von Rubanis	= 100 000 Putibloks (oder Pulverisation durch globale Anti-Materie)

GLINGOL – ENERGETISCH, ABER UNMORALISCH?

Die einzige Energiequelle des Planeten sind geringe unterirdische Vorkommen an flüssigem Glingol, das neben einer starken Wirkung auf das Gehirn leider auch einen großen Alkoholgehalt aufweist.
Den jungen Shinguz von klein auf eingegeben, beschleunigt Glingol die Entwicklung ihrer analytischen Fähigkeiten, hemmt jedoch andererseits die Aneignung jeden moralischen Empfindens.

DIE AUSRÜSTUNG DES PERFEKTEN SPIONS

Die Rohrtasche (auch: verschließbares Rohr, Umhängetasche oder Diplomatenkoffer). Die Shinguz gehen nur in Ausnahmefällen ohne dieses für ihre Aufgaben als Spione unerläßliche Arbeitsgerät auf Reisen:

STANDARD-INHALT EINER ROHRTASCHE:

Tikk'k de Tuk'k

Kleines, der irdischen Zecke ähnliches Tier, das sich am Kopf (oder dem anatomisch entsprechenden Körperteil) festsetzt und bei jedem, auf den die Shinguz es werfen, eine unkontrollierbare Logorrhöe* hervorrufen. Eine Behandlung ist sehr schwierig. Normalerweise nehmen die Shinguz das von ihnen abgerichtete Tikk'k wieder an sich, nachdem sie die gewünschten Informationen erhalten haben. Hin und wieder jedoch lassen sie es auch eine Zeitlang bei dem sie interessierenden Individuum und machen es so zu einem ständigen Informanten. Allerdings nehmen die Shinguz nur in Fällen hartnäckigen Schweigens (da sie niemals jemanden physisch bedrohen) die Dienste ihres Tikk'k in Anspruch, denn es kostet ein Vermögen (über 1200 Perlen aus Ebebe) und ist überaus selten.

*krankhafte Geschwätzigkeit

Akustisches Horn erzeugt Schallwellen, die Mauern durchdringen (Reichweite ca 300 Meter).

Kleingeld

in verschiedenen kosmischen Währungen. Die Shinguz geben aus Prinzip niemals Geld aus, um an Informationen zu kommen. Diese dienen vielmehr dazu, ihnen welches einzubringen. Aber es kann, um es etwas salopp auszudrücken, unter Umständen nötig sein, »die Pumpe zum Ansaugen zu bringen«, zum Beispiel bei Mittelsmännern oder den Trägern untergeordneter Geheimnisse.

Multifunktionale Observationsbrille

Dient, je nach zu beobachtendem Objekt, als Mikroskop, Teleskop, durchdringt Materie, etc.

Tragbarer Lügendetektor

Hergestellt auf dem Industrieplaneten Burgnuff. Eine primitive, aber bei schlichten Gemütern, also der Mehrzahl, sehr wirksame Apparatur.

Flachmann mit Glingol

ZWEI VERTRAUTE TIERE

Auf den ersten Blick sieht es so aus, als hätten die beiden nichts miteinander zu tun: das Gumun von Alflolol und der Grunztier-Transmutator von Bluxte. Der eine ein lebensfrohes, geselliges, anhängliches, in seiner Arglosigkeit fast schon naives Tier, das nichts anderes im Kopf hat als Jux und Dollerei, einen mächtigen Appetit entwickeln kann, völlig unproduktiv ist und selbst schlimme Schandtaten mit Unschuldsmiene zu begehen vermag. Der andere ein kleines, grunzendes Energiebündel, ein lichtscheuer Einzelgänger mit empfindlichem Magen, ein Präzisionsmechanismus mit phantastischen Fähigkeiten und einem Preis-Leistungs-Verhältnis, das seinesgleichen sucht.

Haben die so offenkundig verschiedenen Charaktere dieser beiden Tiere etwas mit ihrer Lebensdauer zu tun, die ebenfalls höchst unterschiedlich ist? Das Gumun kann einige tausend Jahre alt werden, während es der Transmutator auf kaum mehr als zehn Erdenjahre bringt. Hier das Bewußtsein von Ewigkeit oder zumindest ein Hauch davon. Dort das Gefühl von Eile und Vergänglichkeit. Hier das Gumun, das sein Leben genüßlich auskosten kann, dort der Transmutator, der das seine förmlich verzehrt. Während für das Gumun die Gaben der Natur, über dem Lagerfeuer zubereitet, den Rhythmus von Tag und Nacht bestimmen, ist der Transmutator mitunter auf die gefährlichsten Energien angewiesen, wird Kraftstoff mit hoher Oktanzahl zur lebenswichtigen Droge.

Aber das ist noch nicht alles, was diese beiden ansonsten so anziehenden Tiere unterscheidet. So kann man sich das Gumun nicht ohne die Familie vorstellen, zu der es gehört. Die beschauliche Lebensweise der Alflololier ist nicht ohne die Gegenwart des ihnen seelenverwandten Gumun verständlich, das seine Gelassenheit auf sie überträgt. Dagegen ist die Jagd auf den Transmutator von Bluxte eine der schwierigsten, die es gibt, und ruft die namhaftesten Jäger auf den Plan. Doch selbst wenn das Tier einmal gefangen und besiegt ist, sind Reibereien mit seinem glücklichen Besitzer die Regel, so gewinnend dieser auch sein mag.

Einige Eigenschaften jedoch sind diesen beiden so ungleichen Geschöpfen gemeinsam: ihre *unbedingte Treue* zu jenen, mit denen sie freiwillig oder unfreiwillig ihr Leben teilen; ihr *Pflichtbewußtsein*, das im Falle einer Gefahr bis zur Selbstverleugnung gehen kann, sowie ihre bis zur totalen Erschöpfung *selbstlose Hingabe*, ja *Opferbereitschaft*, wenn ihr Besitzer in eine bedrohliche Situation geraten ist.

Mag sein, daß das eine zu unbekümmert, das andere zu leichtsinnig ist. Doch es ist verständlich, welch unschätzbaren emotionalen Wert sie, abgesehen von ihrer *extremen Seltenheit*, auf dem Markt der Ausnahmegeschöpfe haben.

Der Grunztier-Transmutator von Bluxte
Ein lebender Geldautomat

Der Transmutator besitzt die Fähigkeit, jeden Stoff, jede Form oder Substanz, von der er zuvor ein Stück oder einen Teil eingenommen hat, identisch und in theoretisch unbegrenzter Zahl zu reproduzieren. Als wild lebendes Tier auf seinem Heimatplaneten begnügt er sich hauptsächlich damit, für den eigenen Bedarf die köstlichen Schellen des Phum-Baums oder die sehr seltenen Dragees aus dem Gruff-See zu vervielfachen. Versetzt man ihn aber in eine andere Umgebung, so erweisen sich seine Fähigkeiten als in höchstem Maße verblüffend. Perlen aus Ebebe, Edelsteine, Blutoks und Putibloks, Aufputschmittel, Beruhigungspillen, Aphrodisiaka, Neuroleptika, Gifte, Gegengifte, Hundertdollarscheine, Pokerjetons – er kann alles unbegrenzt vervielfältigen. Angesichts einiger beschämender Fälle vorzeitigen Ablebens, die auf das Konto unersättlicher Besitzer gehen, erscheint es jedoch angebracht, darauf hinzuweisen, daß der Umgang mit diesem kleinen Tier die Beachtung gewisser Regeln erfordert.

Das Gumun
Die Kraft der Sanftheit

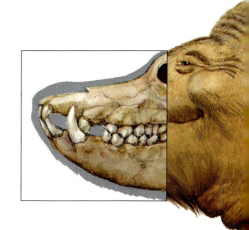

Unter den im Kosmos vertretenen Arten stellt das Gumun einen Sonderfall dar. Wann begegnet man schon einem ähnlich schwergewichtigen Tier (etwa fünf Doppelzentner), das nicht größer ist als ein erwachsener Mensch? Aufgrund seines massiven Skeletts (man beachte das Schlüsselbein, mit dem die beiden Vorderbeine verwachsen sind), der mächtigen Einheit von Becken und Schwanz und des schweren Kiefers müßte das Gumun ein furchterregendes Wesen sein. Doch die einzigartige Sanftheit seines Charakters macht es zu einem völlig harmlosen Gesellen. Aber Vorsicht! Ein Angriff auf seine Angehörigen bringt es zur Raserei, und seine Zerstörungskraft ist geradezu unvorstellbar!
Kenner des Gumuns verweisen allerdings auf dessen besondere Lust an der Zerstörung von Autoritätssymbolen, jeder Art von Maschinen, Wertgegenständen, Funktionsträgern, Militärs in Uniform und ähnlichem. Ist die Strafaktion beendet, nimmt das Gumun, nach einem ebenso spontanen wie kurzen Schläfchen, wieder seine gewohnt friedfertige Haltung an.

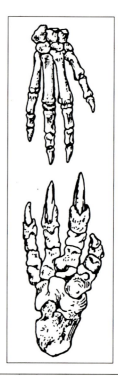

Die Vorderpfoten des Gumun
Extrem kräftig und mit nicht einziehbaren Krallen ausgestattet, von denen das Gumun allerdings so gut wie nie Gebrauch macht (außer im Zustand der Wut).

Arbeiten unter Druck zehrt in bedrohlicher Weise an den Energiereserven des Transmutators: **verboten**

Bestimmte giftige Substanzen wie die Enthemmungskügelchen können seinen Zustand vorübergehend beeinflussen: **verboten**

Bei nachlassender Leistung kann der Transmutator dank eines **Multistandardanschlusses** (siehe Abbildung) an praktisch jede Energiequelle angeschlossen werden: Anti-Materie-Bulbus, Raketenmotor, Atomkraftwerk, Gasleitung, Zapfsäule, einfache Steckdose, etc.

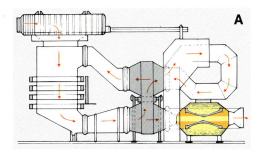

WIE FUNKTIONIERT DIE TRANSMUTATION IM INNERN DES TRANSMUTATORS?

Zwei Theorien stehen sich derzeit gegenüber. Die eine, die man als mechanistisch bezeichnen könnte, wurde etwas vorschnell von dem namhaften Forscher Doktor Bzum formuliert (Abb. A). Eine eher neo-alchimistische Erklärung lieferte der renommierte Kosmopsychiater Vana Stu de Bi (Abb. B).
Bis heute war weder ein Scanning noch eine Autopsie möglich, um zwischen den beiden Theorien entscheiden zu können. Sobald er zu wissenschaftlichen Untersuchungen herangezogen wird, desintegriert sich der Transmutator unverzüglich.

MITTEILUNG

Die Gesellschaft zum Schutz des Grunztier-Transmutators wendet sich gegen jede Verwendung des kleinen Wundertiers aus Bluxte. Wer sich der intergalaktischen Petition zugunsten eines Verbotes von Jagd, Verkauf und Verleih des Transmutators von Bluxte anschließen möchte, wende sich an die Autoren dieses Buches, die diese weiterleiten werden.

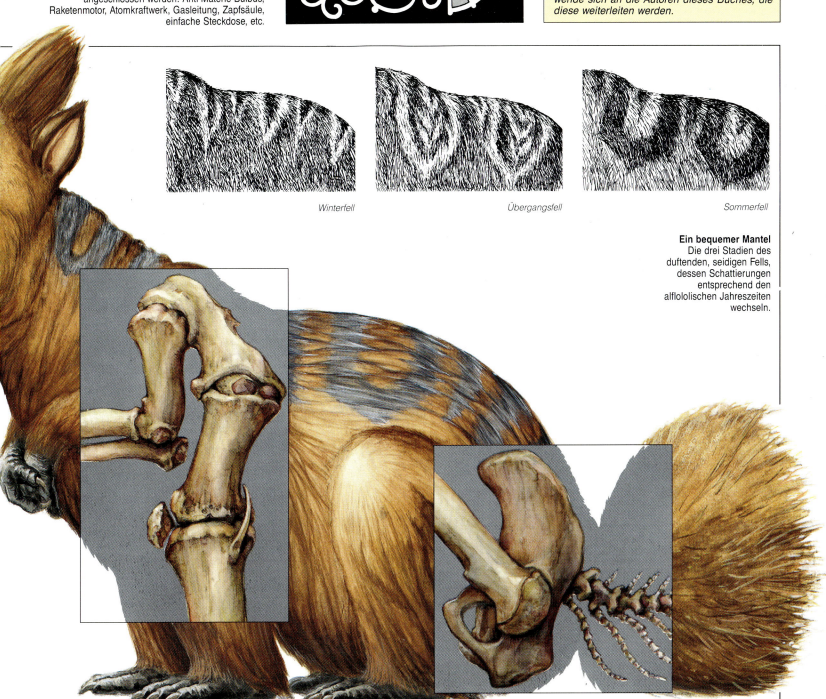

Winterfell — *Übergangsfell* — *Sommerfell*

Ein bequemer Mantel
Die drei Stadien des duftenden, seidigen Fells, dessen Schattierungen entsprechend den alflololischen Jahreszeiten wechseln.

45

DIE GLAPUM'TIANER

Wie ihr Name schon verrät, stammen die Glapum'tianer vom Planeten Glapum't. Zu zwei Dritteln unter Wasser liegend, besitzt dieser gastliche, wenn auch wegen seiner schweren Auffindbarkeit kaum bekannte Planet auf seinem über dem Wasserspiegel liegenden Teil eine reiche Flora mit schmackhaften Arten, während sein unter Wasser liegender Teil eine außergewöhnlich nahrhafte Mikrofauna beherbergt. Ob es die sorgfältig ausgewogene Ernährung ist, der die Glapum'tianer jene außergewöhnlichen Fähigkeiten verdanken, die ihnen allenthalben zugeschrieben werden?

Professor Zsaz-Zsaz, der Autor der ältesten Monographie über Glapum't, hält diese Annahme für richtig. Für den Kosmopsychiater Vana Stu de Bi, einen der wenigen, die dieser Ansicht widersprochen haben, ist die Erklärung dagegen eher in der ganz besonderen Hirnstruktur der Glapum'tianer zu suchen. 32 Mondzeiten, 16 Mondfinsternisse, 27 heiße und 27 kalte Perioden lang folgt Glapum't friedlich dem Rhythmus der Gezeiten. Die Glapum'tianer, die einzige entwickelte Art auf diesem Planeten, führen ein ruhiges Leben, zumeist still in Gedanken

versunken (wobei die Beobachtung des Himmels eine bedeutende Rolle spielt) oder mit der Zubereitung erlesener kulinarischer Köstlichkeiten beschäftigt.

Ebenso erstaunlich wie ihre geistigen sind auch die physischen Fähigkeiten dieser eierlegenden Säugetiere, die außerhalb der Paarungsperiode (24. Mondzeit) Einzelgänger sind und ihrem Geburtsnest ein Leben lang treu bleiben. Ihre Schnelligkeit sowohl in der Luft als auch im Wasser läßt sich nur noch mit der eines Blitzes vergleichen.

Ihren zumindest in Fachkreisen außergewöhnlichen Ruf verdanken sie jedoch in erster Linie ihrer Fähigkeit zur Abstraktion, aus der sie im übrigen keinerlei kommerziellen Nutzen ziehen, denn die Glapum'tianer haben sich trotz ihrer überragenden Leistungen im Kopfrechnen und obwohl sie sämtliche Sprachen beherrschen, ob nun gesprochen oder nur gedacht, niemals für interstellare Reisen interessiert.

Die Glapum'tianer, diese charmanten, bisweilen zur Ironie neigenden Gefährten, stellen eine der faszinierendsten Arten des Kosmos dar. Gleichwohl scheint der Hinweis angebracht, daß ihr Planet weder am Tourismus noch am Handel interessiert ist.

Der Glapum'tianer Ein großartiges System von Nervenverbindungen

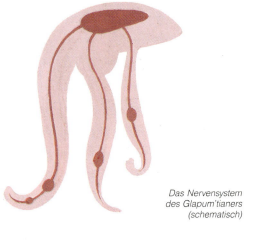

Das Nervensystem des Glapum'tianers (schematisch)

Das Geheimnis der bemerkenswerten Kopfrechenfähigkeiten der Glapum'tianer liegt, nach Auffassung des großen Kosmopsychiaters Vana Stu de Bi, im hinteren Teil ihres Gehirns, das ein beachtliches Volumen hat (bei einem ausgewachsenen Tier bis zu 9 kg) und das fortwährend Signale von höchst komplexen Miniatur-Relais in den vorderen und hinteren Gliedmaßen empfängt und analysiert. Es sind dort auch seltene Metalle entdeckt worden: Anglanum 197, Plättchen von Phalgar de Phal, Padoxurus in halb gasförmigem Zustand sowie Spuren von »Schlipf«, einer äußerst gefährlichen Substanz, von der man weiß, daß ihre leichtfertige Verwendung bei Wesen mit schwachem Willen nach einem kurzen Geistesblitz zu irreparablem Wahnsinn führt. Die wenigen Experimente, die mit Glapum'tianern durchgeführt wurden, haben gezeigt, daß sie die phantastische Fähigkeit besitzen, die in Verbindung mit ihrem mathematischen Potential steht, jede gegen sie gerichtete Angriffsbewegung vorauszuberechnen. Sie sind daher in der Lage, innerhalb von Pico-Sekunden alle ballistischen Daten zu erfassen und so jeder Gefahr auszuweichen. Tatsächlich wurde ein Glapum'tianer *noch nie* von einem Geschoß, einem Strahl, einer Welle oder einem Bombardement getroffen. Bis auf eine einzige Ausnahme sind die wenigen Wilderer, die nach Glapum't kamen, stets mit leeren Händen zurückgekehrt.

Schnitt durch das Gehirn

Schlipf — *Plättchen von Phalgar de Phal* — *Padoxurus* — *Anglanum 197*

Das Ei des Glapum'tianers entwickelt sich mit seinem Bewohner.

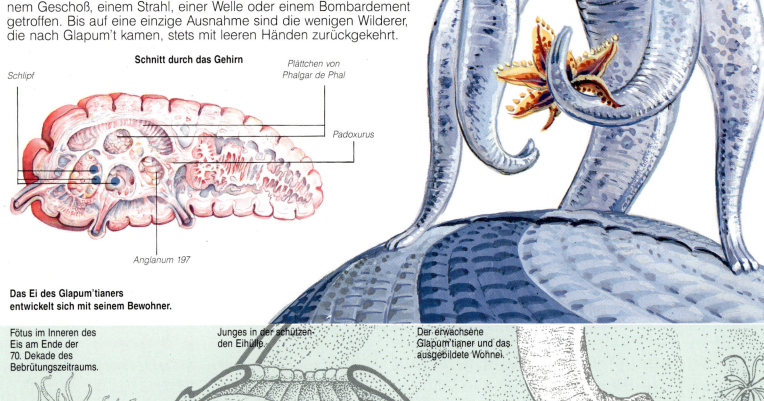

Fötus im Inneren des Eis am Ende der 70. Dekade des Bebrütungszeitraums.

Junges in der schützenden Eihülle.

Der erwachsene Glapum'tianer und das ausgebildete Wohnei.

EIN GLAPUM'TIANISCHER KÜCHENGARTEN

Die natürliche Vegetation auf Glapum't würde völlig ausreichen, um die Ernährung der Bewohner des Planeten zu sichern. Dennoch legen sich die Feinschmecker unter ihnen einen Küchengarten an, wo man neben veredelten Arten auch Eigenzüchtungen findet.
Die einzige Schwäche der Glapum'tianer ist nämlich ihre Naschhaftigkeit (siehe untenstehendes Rezept). An irdischer Küche schätzen sie Orchideen »nature« und entdornte Rosen ebenso wie gebratenes Kalbfleisch mit Tomaten und Zwiebeln und Lammragout mit Frühlingsgemüse.
(Quelle: Herr Albert in seiner unveröffentlichten Abhandlung »Die traditionelle und moderne kosmische Küche«.)

Zubereitung einer »Zanfetta« mit Alzozo-Püree

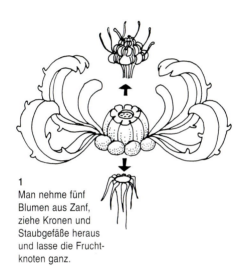

1
Man nehme fünf Blumen aus Zanf, ziehe Kronen und Staubgefäße heraus und lasse die Fruchtknoten ganz.

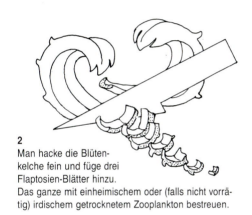

2
Man hacke die Blütenkelche fein und füge drei Flaptosien-Blätter hinzu.
Das ganze mit einheimischem oder (falls nicht vorrätig) irdischem getrocknetem Zooplankton bestreuen.

3
Auf einem Kranz aus Skorpiola-Blättern servieren.

Verwandte Arten

AUF DER ERDE:

Meeressäuger wie Wale, Delphine, Tümmler oder Seekühe

AUSSERDEM:

Die grausamen Furutz des Magnet-Ozeans
Sie sind Ziel von Initiationsjagden auf dem Planeten Alflolol. Diese im allgemeinen friedfertigen Tiere können im Falle eines Angriffs außerordentlich gefährlich werden, wenn die rituellen Regeln des Einzelkampfes zwischen dem ältesten Männchen der Herde und dem jungen Alflololier nicht respektiert werden.

Die Grubos und ihre Zuur-Piloten
Blind und möglicherweise völlig gefühllos, empfangen die Grubos alle Informationen von außen mittels der Zuur. Die beiden Tiere ergänzen einander. Wird der Zuur von seinem Grubo getrennt, zerplatzt er auf der Stelle, während der Grubo, seines Zuurs beraubt, in Trübsinn verfällt, der bis zum Selbstmord führen kann.

DIE HERAUSFORDERUNG DER GLAPUM'TIANER DURCH DIE MATHEMATIK-RUREN GEHÖRT ZU DEN BEKANNTESTEN EPISODEN IN DER GESCHICHTE DES PLANETEN GLAPUM'T. GENAUGENOMMEN IST ES SOGAR DIE EINZIGE, DENN DIESER PLANET HAT GAR KEINE GESCHICHTE UND KEIN INTERESSE FÜR DIE GESCHICHTE ANDERER.

RASEND VOR EIFERSUCHT, WAREN DIE RUREN MIT IHREM RAUMSCHIFF HERANGEBRAUST, EIN GIGANTISCHES, IN IHRE HOCHGIFTIGEN TRÄGERORGANISMEN INTEGRIERTES RECHENZENTRUM...

DARAUF SPEZIALISIERT, GEGEN BEZAHLUNG ALLE MÖGLICHEN BERECHNUNGEN ANZUSTELLEN, LITTEN SIE UNTER DEM RUF, DEN SICH GLAPUM'T AUF DIESEM GEBIET ERWORBEN HATTE...

ALS IHR RIESIGES RAUMSCHIFF ZUR LANDUNG ANSETZTE, TRAT IHNEN RALF ENTGEGEN, DER EINZIGE GLAPUM'TIANER, DER JE MIT DER AUSSENWELT KONTAKT GEHABT HATTE. NACH EINIGEN KONZENTRATIONSÜBUNGEN WAR UNSER FREUND BEREIT, SICH DER HERAUSFORDERUNG ZU STELLEN...

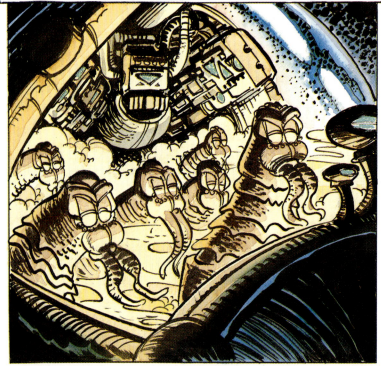

DIE WENIGEN ZEUGEN DENKEN NOCH IMMER MIT SCHRECKEN AN DIE IMMENSE FLUT VON ZIFFERN, DIE DIE HEITERE ATMOSPHÄRE DES PLANETEN DURCHSTRÖMTE. IN ABSOLUTER STILLE ZOGEN MILLIARDEN SIMULTAN DURCHGEFÜHRTER RECHENOPERATIONEN IN LANGEN REIHEN ÜBER DEN REINEN UND DUFTENDEN HIMMEL. RALF STAND REGUNGSLOS DA, VÖLLIG RUHIG, FAST LÄCHELND...

ERSCHÖPFT GABEN DIE RUREN DEN KAMPF VERLOREN, UND EIN JÄMMERLICHER HAUFEN SCHROTT VERLIESS GLAPUM'T IN RICHTUNG CENTRAL CITY...

UND NICHT EINMAL DAS WÄRE OHNE RALFS HILFE MÖGLICH GEWESEN, DENN DIE IM RAUMSCHIFF INSTALLIERTEN RECHNER WAREN NICHT MEHR IN DER LAGE, IHREN RÜCKWEG ZU PROGRAMMIEREN...

IN STILLER BESCHEIDENHEIT GENOSS DER GROSSARTIGE RALF SEINEN TRIUMPH UND WAR BEINAHE ÜBERRASCHT, ALS IHM SEINE ARTGENOSSEN EIN SCHMACKHAFTES GEBINDE FRISCH GEPFLÜCKTER BLUMEN UND FRÜCHTE DARBOTEN...

GLAPUM'T TAUCHTE WIEDER IN DIE STILLE WELT DES REINEN GEDANKENS EIN... AUF DEIN WOHL, MEIN GUTER RALF! ICH WERDE DIR DAS REZEPT DIESES NEUEN COCKTAILS VIA EXPRESS-KAPSEL ZUKOMMEN LASSEN. ER DÜRFTE DIR GEFALLEN...

SUPER-HELDEN, SUPER-GEFAHREN

Die sogenannte »Super-Kategorie« umfaßt Wesenheiten völlig verschiedenen Ursprungs, Wohltäter wie Übeltäter, mit einer Macht, die jedes vorstellbare Maß übersteigt. Negativ betrachtet kann man sagen, daß die Hauptaufgabe dieser Super-Helden, Super-Mächte und häufig genug auch Super-Schurken im Grunde darin besteht, die Leichtgläubigkeit der einfachen Leute zu nähren, dank derer sie gedeihen.

Dies gilt, mit geringen Unterschieden, für den funkelnden Irmgaal, der mit *Feuer* und *Schwert* über Krahan herrscht, den Planeten der schwarzen Krieger, ebenso für den massigen Ortzog, der dem Industrieplaneten Burgnuff einen trostlosen *demokratischen Zentripetalismus* verordnet hat, und auch für den feinsinnigen Blimflim, der mit seinen *öko-asketischen Reden* die schillernde Malamum langsam, aber sicher unfruchtbar macht. Und auch das seltsame Trio, das auf dem geheimnisvollen Planeten Hypsis für die Kontrolle des irdischen Sonnensystems zuständig ist, scheint nicht über jeden Verdacht erhaben. Erblicken einige in ihnen das geistliche Antlitz der Heiligen Dreifaltigkeit, so sind sie in den Augen anderer nichts weiter als eine Bande von Erpressern, die von der menschlichen Einfalt lebt.

Was wäre Positives anzumerken über den künstlerischen Größenwahn des Großen Schwindlers, der mit Hilfe von Materie-Synthetisierern überall von ihm selbst erfundene Mikro-Welten ausstreut? Und was soll man von den Bewohnern des Planeten der Schatten halten, jenen traurigen Verkündern einer Moral der Verweigerung, die — mit Ausnahme einiger weniger Auswanderer — jede physische Anwesenheit im Universum aufgegeben haben?

Mag das alte und einträgliche Gewerbe, dem man auf der Welt der Suffuss nachgeht, manch prüdem Zeitgenossen auch die Schamesröte ins Gesicht treiben, die Gebärleistung der Großen Mutter von Filena, der Insel der Kinder auf dem Planeten Simlan, kann uns nur allergrößten Respekt abnötigen. Ein herzlicher Gruß gilt auch den Herrschaften Brittibritt, Yfysania und Dummagumm, die nicht zögern, ihre Fähigkeiten in Sachen Verwandlung, Inkubus oder Steinefressen überall im Kosmos in den Dienst der Kunst zu stellen. Zu erinnern ist auch an die große Zahl jener »Ex-Super-Helden«, die auf künstlerische Berufe umgesattelt haben, womit sie gewissermaßen von der realen Macht zu deren bloßer Darstellung übergegangen sind.

Zum Glück, kann man da nur sagen, denn die umgekehrte Annahme läßt uns schaudern. Stellen wir uns beispielsweise vor, an Bord eines Raumschiffs, das auf einer wenig befahrenen Route im All unterwegs ist, stellt jemand mit leiser Stimme die Frage: »Wo mag sich wohl der Tyrann jetzt befinden?« Der Tyrann! Dieser gigantische, polyfunktionelle Organismus, das größte Lebewesen des Kosmos, süchtig nach Klaar, voller Stolz, Machtgier und Zerstörungswut. Und immer lautet die Antwort: »Wo sich der Tyrann befindet, weiß niemand...!« Als furchtbare Bedrohung lastet der gefräßige Tyrann auf der zerbrechlichen Ordnung des zivilisierten Kosmos.

Weder Götter noch Herren?

Eine seltsame Dreifaltigkeit

Eine Heilige Dreifaltigkeit, die in Gestalt eines zwielichtigen Bullen, eines drogensüchtigen Hippies und eines klapprigen Spielautomaten daherkommt? Die furchterregende Macht von Hypsis, wo die (wahren?) Herren des Universums residieren, wird von niemandem mehr ernsthaft in Abrede gestellt, seit Galaxity, die Hauptstadt des galaktischen Imperiums im XXVIII. Jahrhundert unserer Zeitrechnung, dessen Machtzuwachs man auf Hypsis mit Unbehagen verfolgt hatte, untergegangen ist. Kirchliche Würdenträger erheben natürlich lauten Protest gegen diese Verkörperung, die sie als Gotteslästerung ansehen, während die Taglianer, die als Kosmotheologen einen hervorragenden Ruf genießen, eine Erklärung parat haben. Gottvater sei, nachdem er den Menschen mehr schlecht als recht nach seinem Bilde erschaffen habe, die Phantasie ausgegangen, und er habe sich fortan nur noch mit einiger Verspätung den wechselnden Moden auf dem Planeten Erde angepaßt, der seiner Verantwortung unterstellt war.

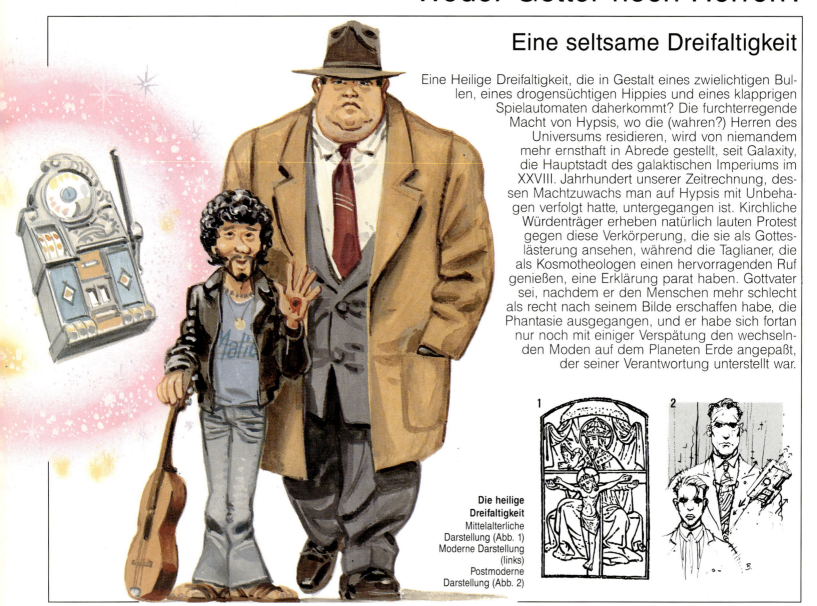

Die heilige Dreifaltigkeit
Mittelalterliche Darstellung (Abb. 1)
Moderne Darstellung (links)
Postmoderne Darstellung (Abb. 2)

Die Suffus: Im Dienste des Kunden

Der Fähigkeit, die anatomischen und geschlechtlichen Merkmale ihrer Kunden annehmen zu können, wie immer diese auch aussehen mögen, verdanken die Suffus ihren großen geschäftlichen Erfolg sowohl in Central City als auch an anderen mehr oder weniger gut besuchten Umschlagplätzen des Kosmos.

Links:
Beispiel für die Umwandlung eines Suffus (wie alle seine Artgenossen ein Zwitterwesen) in die Gespielin einer Weibchen-Wipp-Mannschaft auf dem Doppelmond Bizi-Beza.

Die jenseitige Welt
DIE SCHATTEN

Die Schatten, einst unter einem inzwischen vergessenen Namen Herrscher über einen mächtigen Superplaneten, haben ihre Vormachtstellung für immer aufgegeben und predigen die totale Verweigerung sowie die Ethik der Passivität. Als körperliche Wesen verschwunden, wenngleich ihre geistige Macht nach wie vor groß ist, sind nur noch ein paar vereinzelte Vertreter dieser Art bekannt, etwa der Abtrünnige, der auf dem Industrieplaneten Alflolol-Technorog ein kleines Haus der Weisheit eröffnet hat. Sein Erfolg bei den vom Produktionsstreß geplagten irdischen Technikern scheint gewiß. Die örtlichen Behörden jedoch erwägen seine Ausweisung, da die meisten seiner Klienten jede Form von Arbeit verweigern.

SUPER-TROTTEL

Einige der Super-Helden waren nicht nur im Weltraum, sondern auch auf der Erde tätig, vor allem in dem Land, das man die USA nennt. Mag ihre grafische Existenz durch jene Heftchen, die man im 20. Jahrhundert jenes Planeten »Comics« nannte, auch hinreichend belegt sein, so erscheinen hinsichtlich ihres realen Wirkens und vor allem des tatsächlichen Ausmaßes ihrer »Super-Macht« doch Zweifel angebracht. Nach Meinung von Kennern waren sie eher »Super-Trottel« als »Super-Helden«...

Der große Schwindler

Dieser kränkelnde Ästhet, der neiderfüllt auf jede Art von Leben sieht, das er nicht kennt (und aufgrund seiner halbmechanischen Struktur auch nie kennenlernen wird), ist ausschließlich damit beschäftigt, Werke von oft größenwahnsinnigen Dimensionen zu schaffen. Hier posiert er vor seinem Modell eines vollständig wiederaufgebauten Central City.

Die große Mutter von Filena

Sie ist die unumstrittene galaktische Meisterin der Großfamilie und bringt regelmäßig mehrere hundert Kinder zur Welt, um die (beklagenswerterweise unfruchtbare) Bevölkerung des Planeten Simlan zu erneuern. Die tatsächliche Größe dieser unermüdlichen Erzeugerin war Gegenstand abenteuerlichster Schätzungen, scheint aber nicht wirklich feststellbar.

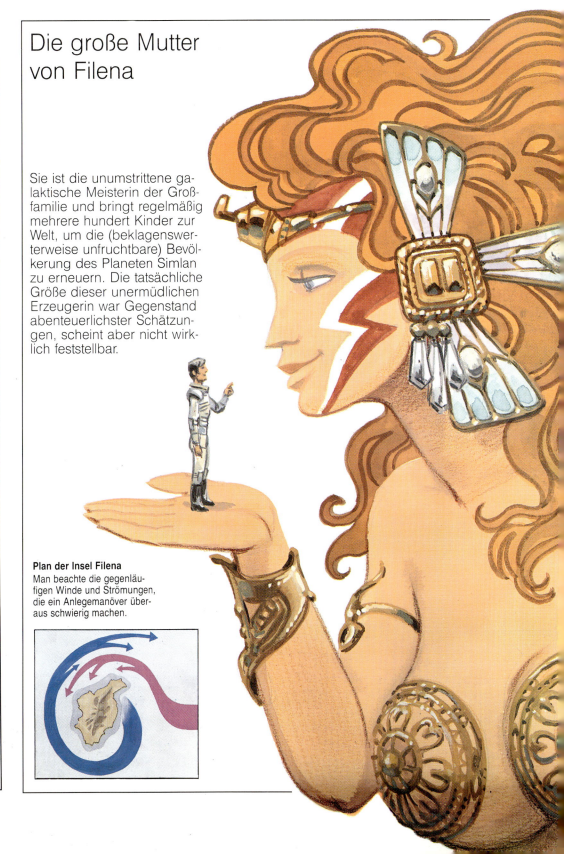

Plan der Insel Filena
Man beachte die gegenläufigen Winde und Strömungen, die ein Anlegemanöver überaus schwierig machen.

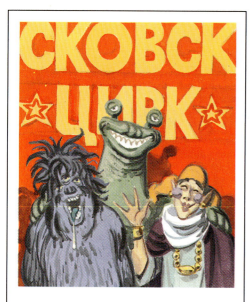

TOPS 'N' FLOPS

● **Eine gelungene Umschulung**
Die Herrschaften Brittibritt, Yfysania und Dummagumm konnten, nachdem sie sich, zugegebenermaßen nur widerwillig, als *lebende Waffen* hatten mißbrauchen lassen, einen überwältigenden Erfolg im Moskauer Staatszirkus landen. Die drei großen Künstler, die in der Lage sind, den Gedanken anderer Gestalt zu geben, Körper, in die sie sich hineinversetzt haben, an jeden beliebigen Ort zu versetzen oder auch bei bester Laune Geschosse jedweder Art zu schlucken, bereiten gerade eine große interstellare Tournee vor.

● **Ein aufsehenerregender Reinfall**
»Die Insel der Heroen«, die Verfilmung eines Romans über die Helden der Tag- und Nachtgleiche auf der Insel Filena in Megaloscope, dargestellt von ihnen selbst, wurde trotz gewaltigen Werberummels ein gigantischer Flop. Über die »Heroen« wird mittlerweile nur noch unter der Rubrik »Vermischtes« berichtet. Herr Irmgaal sitzt nach einer vorsätzlichen Brandstiftung im Gefängnis, Herr Ortzog wird der Körperverletzung beschuldigt, und gegen Herrn Blimflim wird wegen Schmuggels verbotener Substanzen ermittelt.

Der Tyrann
Ein Organismus der Macht

Auf seinem Privatplaneten hausend, den er nach eigenem Gutdünken bewegt, von Hunderttausenden von Sklaven gefüttert, von den grauenerregenden Wahnvögeln geschützt, wächst der Tyrann, den so gut wie niemand je zu Gesicht bekam und den kein Instrument je zu erfassen oder abzubilden vermochte, unaufhaltsam ins Uferlose. Die wenigen Unglücklichen, denen es gelungen ist, seinem Reich zu entkommen, sind völlig verblödet, ihre Berichte folglich mit größter Vorsicht zu genießen. Aufgrund der wenigen Beobachtungen, die von Raumschiffen aus gemacht werden konnten, denen das Schicksal der Zerstörung erspart blieb, lassen sich zumindest die einzelnen Phasen der Herstellung und des Verzehrs des *Klaar* rekonstruieren. Der Klaar ist die *totale Ernährung*, sein symbolischer Wert ist ebenso hoch wie sein Proteingehalt. Untersucht man diesen grauenerregenden Prozeß näher, so versteht man, wie jene zahlreichen Systeme funktionieren, die man treffend als »totalitär« bezeichnet. Alle diese mehr im verborgenen wirkenden, jedoch kaum weniger effektiven Regime anderer Zeiten oder Orte des Universums finden die von ihnen angestrebte Organisationsform im »System« des Tyrannen auf nahezu perfekte Weise verwirklicht.

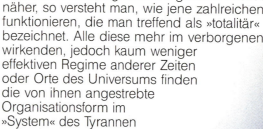

DIE WEGE DES KLAAR

1. Vom Tyrannen kontrollierte Fallen mit Raumhunden und Materiefressern umschwirren seinen Planeten auf der Suche nach immer neuen Arbeitskräften.

2. Überwachung der Gefangenen durch die Wahnvögel, deren Biß ihre Opfer in einen Zustand geistiger Verwirrtheit versetzt und zu absolutem Gehorsam zwingt.

3. Intensiver Ackerbau und Viehzucht, von Leibeigenen betrieben, liefern alle pflanzlichen und tierischen Bestandteile für einen ausgewogenen Nährwert des Klaar.

4. Die Große Küche. Hier, zwischen Schlachthöfen, Mühlsteinen und Kochkesseln wird das Mahl des Tyrannen nach einem strengen zeremoniellen Zeitplan zubereitet.

5. Anrichten und Servieren folgen einem genau festgelegten Ritual unter der ständigen Überwachung durch die Wahnvögel, damit niemand, vom Hunger getrieben, auch nur den kleinsten Bissen entwendet.

6. Die Darreichung vollzieht sich in absoluter Stille, nur gelegentlich unterbrochen von fürchterlichen Glucks- und Gurgelgeräuschen, die man am besten überhört.

7. In wirksamen Säften gelöst, wird nunmehr der eigentliche Klaar über ein verzweigtes, bestimmte Gebiete des Planeten durchlaufendes System von Kanälen weitergeleitet.

8. Alle diese Nährkanäle sind an verschiedenen Punkten auf nicht näher bekannte Weise mit dem ins Unermeßliche ausgedehnten Organismus des Tyrannen verbunden.

Man muß sich vor Augen führen, daß der Umfang des Tyrannen nach jeder Mahlzeit um bis zu 12% zunehmen kann, sofern man den seltenen Beobachtungen Glauben schenkt, die mittels eines Radioteleskops gemacht wurden. Offenbar sind seinem Wachstum keine Grenzen gesetzt.

Überlebende haben (was äußerst selten vorkommt) berichtet, daß der Tyrann mittlerweile zu einer Masse angeschwollen ist, die sein Planet nicht mehr aufnehmen kann, und daß er mit dem Gedanken spielt, seine Macht auch auf andere Territorien auszudehnen. Es ist sogar die Rede davon, daß er geheime Verbündete hat, die hier und da im Kosmos für ihn arbeiten.

DIE HUMANOIDEN

*Ein Kopf, zwei Arme, zwei Beine...
So sehen viele aus...«*

(Shinguz-Zitat)

So haben, mit dem ihnen eigenen Scharfblick, die Shinguz das Problem beschrieben: Die Rassen des Kosmos, auf die diese Definition zutrifft, sind kaum zu zählen. Zu ihnen gehören die Erdbewohner, die im übrigen weit davon entfernt sind, diesen Typ am vollkommensten oder sympathischsten zu verkörpern. Selbstverständlich erhebt dieser kleine Atlas keinerlei Anspruch auf Vollständigkeit. Ebensowenig will er sich fundiert mit jenen Arten auseinandersetzen, deren prominenteste Vertreter bei dem von uns organisierten Humanoiden-Treffen auf dem Pseudomond von Lalamur auch gern für das Gruppenbild posiert hätten. Es soll nur in wenigen Worten an jene erinnert werden, mit denen uns der Zufall bei bestimmten Missionen zusammengeführt hat. Wir tun dies nicht ohne Gefühle, denn mit vielen von ihnen verbindet uns eine Freundschaft, der weder die unendliche Weite des Kosmos noch die Fremdheit der Gebräuche etwas anhaben konnte.

Wie sollten wir vergessen, was wir auf Alflolol gemeinsam mit der Familie unseres guten Argol erlebt haben? Wie nicht mit Hochachtung der klugen Politik des Kaufmanns Elmir gedenken, der seither Großmeister der Kaufmannsgilde auf dem Planeten Syrtis ist? Wie nicht für die Hilfe dankbar sein, die uns seitens des Volkes Lemm zuteil wurde, das uns beigebracht hat, wie man mit den gefährlichen explosiven Flogums umgeht? Wie nicht die Gefühle des Kaisers Alzafar von Valsenar und der Königin Klopka von Malka nachempfinden können, dieses auf den ersten Blick so ungleichen und doch, wie wir versichern dürfen, glücklichen Paares, das sich einst in unver-

söhnlicher Feindschaft gegenüberstand? Wie ohne Rührung der alten Simlaner gedenken, denen die Fruchtbarkeitsriten der Tag- und Nachtgleiche am Ende doch noch eine fröhliche Nachkommenschaft beschert haben?

Auch wenn uns die Zols durch ihre völlige Stummheit rätselhaft erscheinen, so kann man sie doch verstehen, wenn sie mit Sorge den Verfall der ehemals intakten Moral in Central City betrachten... Und sind nicht die bedauernswerten Bewohner des Müllplaneten Zomuk auch imstande, aus dem Abfall prachtvolle Kultgegenstände zu fertigen? Wirkt nicht sogar die berüchtigte multigenetische Faune von Rubanis trotz ihrer Monstrosität anziehend auf jene finsteren Gestalten, die gemeinhin als Abschaum des Universums gelten? Und wenn wir diese Überlegung zu Ende führen, könnte man nicht sogar eine Art schmunzelndes Mitgefühl für jene gefährlichen, notdürftig zusammengeflickten kosmischen Schurken empfinden, zu denen auch die schießwütigen Herren Krockbattler und Rackalust gehören (die sich im Verlauf einer undurchsichtigen Abrechnung auf dämliche Weise gegenseitig umgebracht haben)?

Noch viele andere verdienten es, erwähnt zu werden. So die Gnarfs, die Pulipssime, die Apominobas, die Shimballier oder die revolutionären Süls, jene sowohl tausendfach begabten wie auch mit Tausenden von Fehlern behafteten Wesen, die alle – jedes auf seine Weise – zu der erstaunlichen Vielfalt der galaktischen Zivilisation beitragen, die unseren alten Freund Albert so in ihren Bann gezogen hat, der zu dem Treffen ebenso eingeladen war wie der große Kosmospsychiater Vana Stu de Bi... Zwei Einladungen, die, das ist uns klar, gegen alle Sicherheitsbestimmungen des Raum-Zeit-Service verstoßen, die eine Vermischung von Zeiten und Systemen ausdrücklich verbieten.

Und doch liegt gerade in dieser unendlichen Mischung die Zukunft des Universums. Oder seine Vergangenheit. Was, wie Albert zu sagen pflegte, auf dasselbe hinausläuft...

»Ein Universum braucht von allem etwas.«
(Sprichwort der Shinguz)

GRUPPENBILD MIT ERDBEWOHNERN

- 1-2 Krabutzoff und Salpingoff (Mitglieder der Bande von Krockbattler und Rackalust)
- 3 Sül
- 4 Pulipssim-Händler aus Central City
- 5 Simlaner in Gesellschaft seiner Kinder
- 6 Lemm vom Hohlen Planeten
- 7 Elmir, Großmeister der Kaufmannsgilde von Syrtis
- 8 Argol aus Alflolol
- 9-10 Veronique und Valerian
- 11-12 Kaiser Alzafar von Valsenar und Königin Klopka von Malka
- 13 Wandernder Apominoba
- 14 Zol aus Central City
- 15 Gnarf, Traumtechniker
- 16 Colonel Tloc von Rubanis
- 17 Zom von Zomuk
- 18 Schmuggler aus Shimballil
- 19 Herr Albert
- 20 Vana Stu de Bi

Die Alflololier

Weltraumgammler für die einen, Lebenskünstler für die anderen, reisen die Alflololier mit ihrem Gumun im Rhythmus von 50 000 Monden auf einem Familienschiff, das nur von ihrer eigenen Energie angetrieben wird, durchs All. Ihren Heimatplaneten, der von den Erdbewohnern in Technorog umbenannt und in einen Ort hemmungsloser Ausbeutung verwandelt wurde, haben sie für immer verlassen.

Die Simlaner

Die Syrter

Lange von der Kaste der Kundigen und einer korrupten Aristokratie beherrscht, gelten sie seither als die potentesten Investoren westlich der Kassiopeia.

Das Volk Lemm

Einst Munitionsträger in jenem Geschlechterkrieg, in dem sich die Amazonen von Malka und die Jünglinge von Valsenar im Inneren ihres hohlen Planeten gegenüberstanden, sind sie nun als anerkannte Feuerwerker tätig, die auf vielen planetarischen Festen für Stimmung sorgen.

Sie haben damit begonnen, ihre unter dem Geburtenrückgang leidenden Städte wieder aufzubauen. Die Architektur, eine ihrer schönsten Errungenschaften, steht wieder in voller Blüte. Die Insel Filena, Residenz der Großen Mutter, ist erst kürzlich in krypto-barockem, post-eklektizistischem Stil renoviert worden.

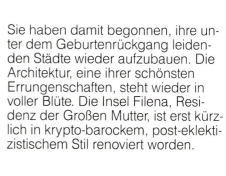

Die Rubaner

Auf Rubanis ist die Situation trostloser als je zuvor, seit bekannt wurde, daß der Letzte Kreis schon lange vakant ist. Abgaben und Pfründen, das Wirken von Geheimgesellschaften und Agenten, Virusinfektionen und genetische Manipulationen, Waffen- und Drogenschmuggel sowie eine nicht abreißende Kette von Morden und Raubüberfällen kennzeichnen die Lage. Um so bemerkenswerter, daß das planetarische Bruttosozialprodukt von Rubanis bei der letzten Erhebung noch einmal um 32% gestiegen ist.

Die Zoms

Auf Zomuk hat sich nichts geändert: Abfälle, Gestank, Parasiten und exaltierte Frömmigkeit. Aber es geht das Gerücht, daß die Zoms ein neues Heiligtum errichtet haben, das an Pracht alles übertrifft, was zuvor ihrer Zerstörungswut zum Opfer gefallen war.

Die Zols

Sofort nach ihrer Machtergreifung in Central City, wo sie bis dahin für Instandhaltungsarbeiten eingesetzt waren, haben sie die auf diesem riesigen Konglomerat diplomatischer Vertretungen herrschende Korruption praktisch beseitigt. Sie hätten allen Grund, zufrieden zu sein, bleiben aber, wie man sieht, auf der Hut.

... und die anderen

Illusionsverkäufer wie die **Gnarfs**, angesehene Lebensmittelhändler wie die **Pulipssime**, ausgebuffte Trödler wie die **Apominobas**, schmuggelerfahrene Kaufleute wie die **Shimballianer**, Berufsagitatoren wie die aus der **Diaspora von Sül**, hochkarätige Schurken wie die alten Haudegen Krockbattler und Rackalust, die ohne Einladung auf dem Familientreffen von Lalamur auftauchten. Eine kunterbunte Gesellschaft. Und doch nur ein kleiner Ausschnitt aus der unendlichen Vielfalt der **Bewohner des Himmels.**

Humanoiden, ja. Verwandte, nein.

Vergleichende Darstellung der Hör-, Geruchs- und Tastorgane der wichtigsten Teilnehmer des Kolloquiums auf dem Pseudomond von Lalamur.

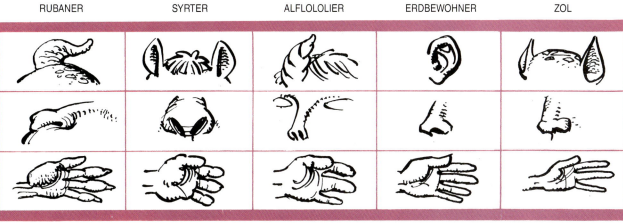

ES WAR EINE WUNDERSCHÖNE REISE, ZU DER MICH MEINE BEIDEN FREUNDE AUF DEN PSEUDO-MOND LALAMUR EINGELADEN HATTEN. JEDER WISSENSCHAFTLICHEN VERNUNFT ZUM TROTZ, MUSS ICH SAGEN... ABER WIE HÄTTE ICH IHNEN WIDERSTEHEN KÖNNEN? AUSSERDEM HATTE ICH WIRKLICH LUST DAZU, ICH, DER NIE AUS MEINEM VOROR T-PAVILLON HERAUSGEKOMMEN WAR, BEVOR ICH DIE BEIDEN KENNENLERNTE... HÖCHSTENS, WENN ICH IM GEISTE MEINEN LIEBEN TAUBEN FOLGTE, DIE MIT IHREN BRIEFBOTSCHAFTEN DAVONFLOGEN...

ICH KONNTE MICH DORT OBEN MIT LEIDENSCHAFT EINIGEN VERGLEICHENDEN STUDIEN WIDMEN, DURCH DIE ICH MICH IN MEINER AUFFASSUNG BESTÄTIGT SAH, DASS IM KOSMOS GRUNDSÄTZLICH ALLES MÖGLICH IST, DIE MICH ABER AUCH IN MEINER ÜBERZEUGUNG BESTÄRKTEN, DASS DIES NICHT UNBEDINGT WÜNSCHENSWERT SEIN MUSS.

WÄHREND DER KLEINEN FEIER, DIE UNS IN DEN DUFTENDEN WINDEN VON LALAMUR ZUSAMMENFÜHRTE, GLAUBTE ICH ÜBRIGENS BEI VALERIAN BEDAUERN ZU VERSPÜREN ANGESICHTS DER ABWESENHEIT DER FEINSINNIGEN KISTNA, DIE GEWISSERMASSEN DURCH DIE SCHULD DES RAUM-ZEIT-SERVICE UMS LEBEN GEKOMMEN WAR. ER ERZÄHLTE MIR VON DEM SELTENEN GESCHLECHT, DEM SIE ANGEHÖRTE, VON FÜRSTEN DES GEISTES, DER WISSENSCHAFT UND DER SCHÖNEN KÜNSTE, UM PLÖTZLICH BETROFFEN INNEZUHALTEN...

DURCH MEINE KLEINE, STETS VERGNÜGTE VERONIQUE WURDE ICH IN EINE SEHR AUFSCHLUSSREICHE UNTERHALTUNG EINBEZOGEN, IN DEREN VERLAUF DER RENOMMIERTE KOSMOPSYCHIATER VANA STU DE BI AUF DAS VERSCHWINDEN VON KISTNA ZU SPRECHEN KAM. WIR WAREN UNS AUF ANHIEB SYMPATHISCH, UND VON IHM HABE ICH ERSTAUNLICHES ERFAHREN...

REGISTER

Die in diesem Index verwendeten Abkürzungen beziehen sich auf die Bände, in denen die angegebenen Namen vorkommen:
Die Stadt der tosenden Wasser: *STW*
Im Reich der tausend Planeten: *RTP*
Das Land ohne Sterne: *LOS*
Willkommen auf Alflolol: *WAA*
Die Vögel des Tyrannen: *VDT*
Botschafter der Schatten: *BDS*
Das Monster in der Metro: *MIM*
Endstation Brooklyn: *EB*
Trügerische Welten: *TW*
Die Insel der Kinder: *IDK*
Die Geister von Inverloch: *GVI*
Die Blitze von Hypsis: *BVH*
Die große Grenze: *DGG*
Lebende Waffen: *LW*
Schlechte Träume: *ST*
Jenseits von Raum und Zeit: *JRZ*

A

Alberich (Magier) 18 ST
Albert (Philosoph, Gastronom, Kontaktmann des Raum-Zeit-Service im 20. Erdenjahrhundert) 9, 26, 51, 61, 62, 64–65 MIM, EB, GVI, BVH, DGG, LW
Alflolol (auch Technorog genannt, siehe Gumun, Shalafut, Argol) 17, 23, 43, 45, 51, 56, 60, 62, 63 WAA
Alzafar von Valsenar (Kaiser; siehe Klopka von Malka) 16, 60, 62 LOS
Alzozo, Gehacktes aus 51
Anglanum 197 50
Apominobas 11, 36, 61, 62, 63 MIM, EB
Argol 46, 60, 62 WAA
Arphal (Lebende Steine von) 11, 14 RTP

B

Baff 16
Bagulin (von Bagul) 28–31 BDS
Bandar-Dar III. (Königin) 30
Barflum I. (Königin) 30
Blimflim (Guru von Malamum) 55, 58 IDK
Blopik (von Blopik) 28–30 LW
Blutok (= 4,127 Putibloks) 12, 13, 14, 15, 16, 39, 40, 44, 46, 47 BDS
Bluxte (siehe Grunztier-Transmutator, Spigli) 11, 12, 17, 43, 45 BDS
Borfluq (Führer) 11, 13 DGG
Brittibritt (Künstler) 55, 58 LW
Bromm (siehe Shalafut, Schnarf) 23, 25
Bubs 14
Bubul-Blume 38–40
Burgnuff (siehe Ortzog) 37, 55 DK
Bzum (Doktor) 30–31, 45

C

Central City (gigantischer künstlicher Planet, auf dem alle Zivilisationen vertreten sind) 11, 52–53, 56–57, 61, 62, 63 BDS, DGG
Chatelard (Philosoph der Wissenschaft und der Mythologie) 26 MIM, EB
Climphy (Sternhaufen von) 24, 46
Crunchy (siehe Großer Sammler) 27 JRZ
Cyba (siehe Materiefresser) 22 MIM

D – E

Dummagumm (Künstler) 55, 58 LW

Ebebe (Perlen aus) 36, 37, 44 BDS
Einhorn 11, 17–19 ST
Elementarwesen 21, 26
Elmir (Großmeister der Kaufmannsgilde von Syrtis) 60, 62 RTP
Erde (Gestalt der) 26 MIM, EB

F

Feuer (Gestalt des) 26 MIM, EB
Filena (Insel; siehe Große Mutter, Simlan) 55, 57, 58, 62 IDK
Flaptosie (Blätter der) 51
Flogum (explosiv; siehe Zabir) 60 LOS
Furutz (der grausame) 51 WAA

G

Galaxity (Megapolis der Zukunft; Hauptstadt des irdischen Imperiums in der Galaxis; siehe Raum-Zeit-Service) 56 ST, STW, GVI, BVH
Garubier 30
Glapum'tianer (von Glapum't) 48–53 GVI, BVH
Glimius (siehe Schamli) 12 RTP
Glingol (siehe Shinguz) 34, 36, 37
Gnarf (Traumtechniker) 61, 62, 63 BDS
Große Mutter (die; Herrscherin auf Filena, Insel des Planeten Simlan) 55, 57, 62 IDK
Großer Sammler (Szenename: Crunchy) 21, 27 JRZ
Großer Schwindler 55, 57 TW
Grubo (siehe Zuur) 51 BDS
Gruff (zahmer) 21, 24 LOS
Grunztier-Transmutator (von Bluxte) 11, 17, 43–47 BDS
Gumun (von Alflolol) 11, 17, 43–47, 62 WAA

H – I

Heilige Dreifaltigkeit (die) 55, 56 BVH
Hypsis (unsichtbarer Planet von) 13, 55, 56 GVI, BVH
Irmgaal (Diktator von Krahan) 55, 58 IDK

K

Kamunik (von Kamun) 29, 30 BDS
Kassiopeia 22, 62 MIM, EB
Kikolin 40
Kistna (Prinzessin, siehe Wurm) 64–65 IDK

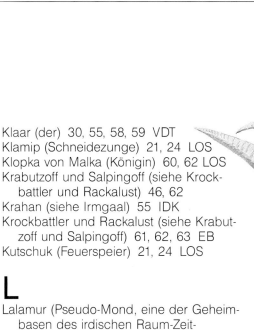

Klaar (der) 30, 55, 58, 59 VDT
Klamip (Schneidezunge) 21, 24 LOS
Klopka von Malka (Königin) 60, 62 LOS
Krabutzoff und Salpingoff (siehe Krockbattler und Rackalust) 46, 62
Krahan (siehe Irmgaal) 55 IDK
Krockbattler und Rackalust (siehe Krabutzoff und Salpingoff) 61, 62, 63 EB
Kutschuk (Feuerspeier) 21, 24 LOS

L

Lalamur (Pseudo-Mond, eine der Geheimbasen des irdischen Raum-Zeit-Service) 60, 63–64
Lemm (Volk) 60, 62 LOS
Lüm (siehe Tüm Tüm) 11, 13 DGG
Luft (Gestalt der –) 26 MIM, EB

M

Magnet-Ozean (siehe Furutz) 51 WAA
Malamum (die; siehe Blimflim) 55 IDK
Malka 62
Marcyam (die; von Syrtis) 21–22, 23 RTP
Marmaka (aus Marmak) 17 BDS
Materiefresser (wild) 21-22, 25, 59 MIM
Mega-Insekten von Zabir 11, 16 LOS
M'wow (Prinz) 30

O

Ortzog (Erster Sekretär von Burgnuff) 55, 58 IDK

P

Padoxurus 50
Phal (Phalgar von –) 50
Pitt 16
Propyniam 2001 25
Pulipssim (von Pulipss) 11, 61, 62, 63 BDS
Putiblok (siehe Blutok) 36, 44 BVH

R

Ralf (der Glapum'tianer) 52–53 GVI, BVH
Raumhunde 21–22, 25, 59 EB
Raum-Zeit-Service (siehe Galaxity und Central City, Hauptoperationsbasen des Service, für den Valerian und Veronique arbeiten) 18, 61, 64 ST, STW BDS, GVI, BVH, DGG

Ravnus (Plutokratenplanet) 36 BVH
Rubanis (siehe Tloc, Krockbattler und Rackalust) 19, 36, 38–42, 61, 62, 63 EB, GVI, BVH
Ruren (von Urururs) 52–53 BDS

S

Schamli (hypnotisierender; von Glimius) 11, 12 RTP
Schatten (Planet der –) 55–56 BDS
Schlipf 50
Schnarf (von Bromm) 25 LW
Shimballil (Asteroiden von –) 11, 14, 61, 62, 63 ST
Shinguz (von Shinguz) 33–41, 60, 62 BDS, GVI, BVH, DGG
Simlaner (von Simlan, siehe Große Mutter) 55, 57, 61, 62 IDK
Skorpiola 51
Skromm-Häuser 11, 15 LOS
Slomp (Asteroid von –) 30 RTP
Solumier (von Solum) 28–30 MIM
Spigli (von Bluxte) 11, 12 RTP
Suffus (von Suffussus) 55–56 BDS
Sül (revolutionäre Diaspora von –) 61, 62, 63 VDT
Syrter (von Syrtis, siehe Marcyam, Elmir) 11, 22, 60, 62, 63 RTP

T

Tagabut (Königin) 30–31

Taglianer 56 BDS
Talam (Giftspucker) 21, 24 LOS
Tanff 36
Technorog (siehe Alflolol) 56, 62 WAA
Tikk'k (von Tukk'k) 37
Tloc (Colonel, Kämmerer des vorletzten Kreises von Rubanis) 40, 62 GVI
Tukk'k (siehe Tikk'k) 37
Trogg 30
Tschuff 16
Tschung 11, 14 DGG
Tüm Tüm (de Lüm) 11, 13 DGG
Tyrann (siehe Wahnvögel) 21, 55, 58–59 VDT

U

Uala von Ualam (Prinzessin) 14
Umbrier (von Umbrien) 29, 31 DGG

V

Valsenar 62
Vana Stu de Bi (Kosmopsychiater) 14, 27, 45, 48, 50, 61, 62, 64
Verdoppelnder Shalafut (von Alflolol oder Bromm) 21, 23, 25 WAA

W – Y

Wahnvögel (siehe Tyrann) 21, 25, 58–59 VDT
Wasser (Gestalt des -s) 26 MIM, EB
Weibchen-Wipp (Spiel) 30, 56 BDS
Wurm (siehe Kistna) 65
Yfysania (Künstler) 55, 58 LW

Z

Zabir (siehe Mega-Insekten, Skromm-Häuser, Flogum, Lemm, Alzafar, Klopka) 11, 15, 16 LOS
Zakatib (großer Markt von –) 11, 19 ST
Zanf (Blume aus –) 51
Zanfetta (siehe Zanf) 51
Zol (aus Central City) 61, 62, 63 BDS
Zom (aus Zomuk, genannt Zomuk-Abfalleimer) 33, 36, 61, 62, 63 MIM, EB
Zsaz-Zsaz (Professor) 48
Zumita (Königin) 30
Zuur (siehe Grubo) 51 BDS
Zvolok 36
Zypanon von Zyp 11, 17 MIM

DANK
an alle, die uns bei der Arbeit an diesem Buch mit
freundschaftlicher Hilfe unterstützt haben.

Philippe Aymond
Didier Baraud
Pierre Berty
Enki Bilal
Pierre Bourdieu
Olivier Christin
François Dekany
Christian Gaudin
Julien Giraud
Dominique Giroudeau
Fred-André Holzer
Huynh-Cong Ngo
Catherine Pearson
Michel Petzold
Jean-Pierre Rechin
Jean-Charles Rousseau
Evelyne Tranlé
Jean-Luc Touillon